死の国からも、
なお、
語られ得る「希望」はあるか？

山口泉
画文集

オーロラ自由アトリエ

目　次

朝鮮語訳／稲葉真以
朝鮮語訳校閲／徐勝　洪成潭
朝鮮語訳／金鏡仁
英訳／古川ちかし　Thomas Brook

装幀／知里永

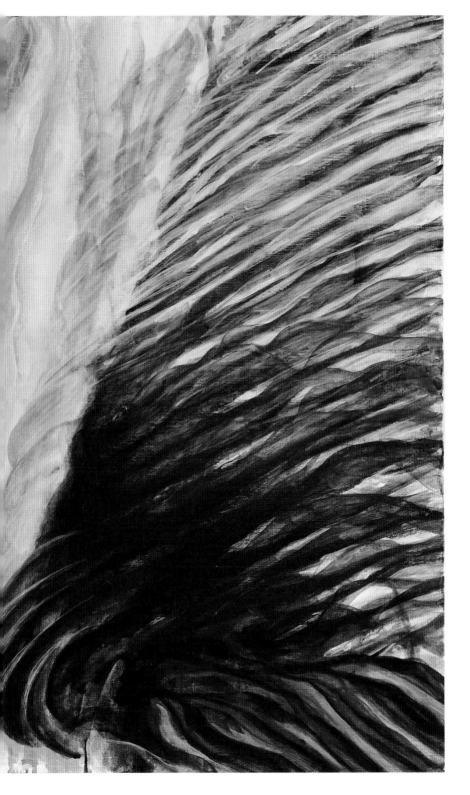

ˮわれらはどこで、何となって、また会おうか̎

洪 成 潭

（ホン・ソンダム　画家）

　2011年3月11日の東日本大震災の惨事から一、二か月の間、私たち人間の精神は勝利するかに見えた。この苦痛を乗り越え、私たちは確かに変化すると信じていた。

　日本は植民地支配と太平洋戦争を通じ、多くの人々に拭いようのない苦痛を与えた。この苦痛が残したトラウマは、今もなお現在進行形である。日本は加害者として、自らの戦争犯罪に関し、これまでただの一度も心からの謝罪や反省をしたことがない。

　だが2011年、大震災の悲惨な苦痛に見舞われている現代の日本に、アジア民衆は心からの慰めと励ましと応援の手を差し伸べた。我々は大震災後、日本は変化すると信じていた。いや、闇雲に信じたかったのだ。

　その頃、東京に住んでいた、私の友・山口泉は、福島原発事故後ほとんど魂を根こそぎそこに奪われたかのように福島原発事故の実態を追跡していた。当時の彼の目に溢れた絶望を、私は今も忘れることはできない。彼が、大震災・原発事故に関するリポートを分厚い本（訳者註／山口泉『原子野のバッハ――被曝地・東京の三三〇日』2012年3月＝勉誠出版刊）として出版し、沖縄に居場所を移したことも、この絶望感に対する積極的な表現の一つだった。

　原発事故の現実を丹念に記録した彼のリポートは、当時の日本政府の欺瞞的な態度とメディアの発言、そして惨事以後の生を生きる日本民衆の考え方と姿を縦糸と横糸にまとめ上げ、山口ならではの写実主義の精神を通して本のページに漲らせたものだった。

　彼が日本に対して絶望的である時、私の心の片隅には、かすかながら、日本とアジアの小さな希望を見る思いがした。

　私が日本に対してそんな希望を持った理由は、第一に、自らが生きる国家共同体に対し、惨憺たる絶望を示す山口のような知識人が、現代日本に存在するという事実だ。暗黒の苦痛の果てに到り着いてこそ、人は希望を抱くことができる。

第二に──。米国の太平洋軍事戦略と中国の軍事力の膨張、そして北朝鮮の核開発は、いつでもアジアを戦争の地獄と化し得る。しかしながら、フクシマ事態を転換点として、日本の民衆が反戦反核と脱原発とを成しとげ、その結果をアジア民衆と共有して連帯するなら、アジアの平和のための貴重な歴史を創ることができるだろうと、私は考えたのだ。

　もしも日本にそうすることができれば、植民地支配と太平洋戦争に対する過去のすべての犯罪行為を許される機会になるという希望のよすがを手放さずにいた。

　だが私が山口にこんなことを言うと、彼は黙って首を横に振った。その表情には、断固たる絶望があった。

　福島原発の事故の後、日本のすべての原発が点検のために1年間停止した。その年の夏は猛暑だったが、人々は特に問題もなく日常を営んでいた。しかし1年が過ぎると、日本の原発は何事もなかったかのように、一つずつ再稼働を始めた。人々も、もうそれ以上関心を持たないように見えた。

　それから、福島原発事故現場に隠された秘密が、一つ、また一つと明るみに出てきた。明らかになった事実はますます衝撃の度を増してゆくものだったが、それは、衝撃と絶望に対する十分な免疫が人々にできた後のことだったのだ。

　私は東日本大震災以前に、およそ10年余りにわたって連作絵画『靖国の迷妄』を描きながら「現代日本」と同時に「近代国家」に対し、たえず絶望してきた。その10年間、私は人間に対する絶望によって、あまりにも大変な苦痛を経験した。人間の歴史のすべてを暗黒の泥沼にしてきた、あのまとわりつくヤスクニの闇を通じて、誰よりも日本の属性をよく知っているとも自負していたが、それが愚かな考えだったことに気づくのには、フクシマ事態から1年もかからなかった。今になれば私は、友人・山口の深い絶望を心から理解することができる。

　2019年12月に眼醒めたコロナウイルスが人類を痛撃するなか、日本は東京オリンピックを「福島復興五輪」と宣伝した。日本は五輪を控え、福島の放射能汚染水を太平洋に放出することを決定した。日本国民やアジア人民とは何の議論もない、日本政府の一方的な決定だ。フクシマ事態の後、ずっと「後始末と収拾を完璧にする」と何度も高言してきた彼らだ。だが太平洋放出という非道な決断を下した日本は、もはや恥ずかしさや自責感など、微塵もない。この先、政治的・経済的利害に関わる事柄であれば、いかなる無謀な決定もできるということ、そ

して政治権力のそうした無謀な決定の前に一言もなく、死んだように従わなければならない国民の水準が立証された。

　山口は深い歴史的洞察を通じて、現代日本のこうした志向をすでに一つ一つ、読み取っていたのだ。彼が、フクシマ事態の初期に韓国や台湾を彷徨いながら、「福島と日本の未来」に関する講演を行なったり、さまざまなメディアにコラムを寄稿したことも、まさしく現代日本の志向を明らかにする預言者の道だった。しかし、依然として国家主義が専横を極めるアジアは、日本の志向にますます似通ってゆくほかなかった。

　彼の絶望と苦痛はいよいよ深まるばかりだった。彼の絶望は、日本という国家の未来のみならず、人間が本来持っている本性に対する絶望感だった。

　国家主義が産み出す「アウシュヴィッツ」は、現代の日常の中にもあり、根本的に私たちの心の中に「隠れて」いる。

　太平洋戦争当時、日本軍国主義が作った大本営体制は今もなお、日本民衆の生活の中にも厳然と存在し、いつの間にか内心の中核となって、すべての思考と行動を支配しているのだ。フクシマ事態の真実を隠蔽しようとする政府と東京電力のあらゆる詐術は、もともと私たちの心の中に密かに眠っていた悪を揺り起こしたに過ぎない。

　道徳的に堕落せず、また偏見もない、すこぶる理性的な人々が、人間存在の破壊に積極的かつ現実的に参加することを、私たちはしばしば経験してきた。

　山口は現代日本を一つの大きな集団収容所ないしは監獄と考えている。日本の伝統の中で最も空しいのが「武士道」という文化だ。一言でいえば、それは最初から最後まで自虐と自害に雁字搦めとなった、極めて退嬰的な「兵隊ごっこ」にすぎない。状況が複雑になったり、解決のための代案を見つけることが難しかったりすると、自己省察を通じて抜け出そうとする努力の代わりに、自虐と自害の泥沼を自らめざそうとする。このとき、日本の軍国主義が国民の脳内に植えつけた集団心理が芽を吹く。こうした過程から抜け出そうとする人を牽制し、監視して疎外し、暴力で懲らしめる状況を、加害者も被害者も、皆が自然に受け容れる。日本の政治権力と国民がフクシマ事態を解決する姿勢に「自虐と自害」的な方法を選んだ結果、現代日本はつまるところ「ガス室のない日本版アウシュヴィッツ」と化してしまった。

山口の絶望は、まさにこの地点で、前も後ろも始まりも終わりもない、凄絶な苦痛の中に入ったのだ。

　旅立った者は誰しも、いつかまた家に還る。絶望の果てに到って太虚に出会うと、愛憎がこもごも入り交じる故郷を再び訪ねることになる。
　山口は青年時代、大学で美術を専攻したが、中退後、現在まで、絵の代わりに数多くの小説と文学評論、そして文化批評などを著わしてきた。そんな彼が、青年時代に擱いていた絵筆を、再び執った。
　絶望に疲れた彼が故郷にしばらく立ち寄ったのか、それとも永遠に根を下ろすために帰郷したのか、これは誰にも予想できない。文字テキストよりは視覚媒体である絵のほうが、大衆の感性をより容易に動かせると判断したのかも知れない。

　しかし何より重要なのは、彼が新たに描く絵の形象である。
　彼は私に、2019年に15点の作品写真を、そして一箇月ほど前に新しい絵画10点余りの画像を送ってきた。私は、彼の表現主義的な作品に分類されるだろうイメージを見て、びっくり仰天した。そこには西洋の表現主義とは全く異なる造形美があった。さらに驚くべきことに、私が青年時代に描きたかった、まさにその形象が、山口の手によって具現化されていたのだ。

　抽象表現主義とは何か。つづめて言えば、それは眼前の時代状況を様々な色彩と形態を用いてする表現ということになるか。もちろん、ただ気分次第で勝手に筆を動かしたのでは様式化したモダニズムになってしまうのが落ちだが、そこは誰あろう、天下無二のリアリスト・山口泉ではないか。
　画面に現われた筆づかい一つ一つは自然に見えるが、それらの組み合わせが成す形象は、徹底的に計算され、計画されていたことが明らかだった。表現主義的な絵画で感情の過剰は、ともすれば大仰となってしまう。大仰さは真実味を失わせる。よく名画と呼ばれ人口に膾炙した有名な作品でも、大仰さだけが溢れ真実味に欠けた絵は少なくない。しかし、生涯、リアリズム精神に忠実な山口に、感情表現の過剰は存在する余地がなかった。
　山口は、現代日本に対する絶望感から人間存在の根本をまで絶望させる黒ぐろとした苦痛の果てに立って、世界を覆い尽くそうとする憎悪と愛で渾沌とした人生と、日日、挫折する卑小な私たちの命、やっと摑んだ希望の火花もたった一日と持ちこたえることなく色褪せてしまう、この理不尽な歳月を、私たちの脳内に

芽生えて、みるみるたちどころに育つ集団心理に溺され、誰かに手を引かれ、押され、あるいは誰かを引きずって、阿修羅のごとき死の淵へと向かって歩いてゆく私の友らの惨めな後ろ姿を、自虐と自害をあっさりと断行してしまう日本社会の野蛮を、絵画で記録している。

　青年時代以降、いままで人生の大部分を通じ、文字テキストで数多くの著作をものしてきたからだろうか。彼の絵には、言語の特殊な特徴である韻律が内在している。韻律は詩や散文に不可欠な本質的要素である。韻律は感情の反応を高め、読む者に平衡感覚を与える。

　彼の絵では、このような韻律が表に出ることもあるが、一定の形式を取らず独特な内在律を含んでいる。

　彼は、もしかしたら新しい境地の「文字絵画」を創造しているのかもしれない。

　フクシマ事態後、彼が感じた死よりも強い絶望には、彼が生涯に多くの著作を成してきた日本語と日本文化への絶望も含まれていただろう。

　言語に対する絶望は、とりもなおさず私自身の人間存在が突然蒸発してしまう虚脱感であり、私の信念を根こそぎ破産させ、私たちを挫折の深い海の中に投げ込んでしまうことになる。言語の剥奪は歴史の否定である。過去も現在も未来も存在しない世界となってしまう。

　「言葉の絶望」という野蛮な時代を生きている山口は「文字絵画」を通じて新たなコミュニケーションの言葉を作っている。

　このコミュニケーションは必ずや成功するだろうと、私は確信している。

　この絶望的な歳月にもかかわらず、山口泉と同時代を生きているという事実だけでも、私は幸せだ。

　しかも、彼が私の貴重な友人であることが誇らしい。

　2021 年 4 月 21 日

（翻訳校閲・金鏡仁／翻訳・山口泉）

'우리는 어디서 무엇이 되어 다시 만나랴'

홍성담

2011년 3월 11일 후쿠시마 대지진의 참화 이후 한두달 동안은 우리 인간정신이 승리하는 것처럼 보였다. 이 고통을 딛고 우리는 분명히 변화할 것이라고 믿었다.

일본은 식민지 지배와 태평양 전쟁을 통해 수많은 사람들에게 씻을 수 없는 고통을 안겨주었다. 이 고통이 남겨준 트라우마는 아직까지도 현재진행형이다. 가해자로서 일본은 자신들의 전쟁범죄에 대해 단 한 번도 진심어린 사과나 반성을 했던 적이 없다.

2011년, 대진재의 참혹한 고통을 당하고 있는 현대 일본에게 아시아민중은 진심으로 위로와 격려와 응원의 손길을 보냈다. 우리는 대진재 이후 일본은 변화할 것이라고 굳게 믿었다. 아니, 무작정 믿고 싶었다.

그 즈음에 도쿄에 사는 나의 친구 야마구치 이즈미는 후쿠시마 원전사고 이후 거의 넋이 나간 사람처럼 후쿠시마 사고 원전의 실태를 추적했다. 당시 그이의 눈에 가득한 절망감을 나는 지금도 잊을 수 없다. 그가 대진재 원전사고에 대한 리포트를 두꺼운 책으로 출간하고 오키나와로 거처를 옮겼던 것도 절망감에 대한 적극적인 표현의 하나였다.

그의 리포트는 사고원전의 현실을 꼼꼼하게 기록했다. 당시의 일본정부의 기망(欺罔)적인 태도와 미디어들의 발언, 그리고 참사이후의 삶을 살아가는 일본민중들의 생각과 모습을 씨와 날줄로 엮어서 야마구치 본연의 사실주의 정신으로 책 페이지를 가득 채웠다.

그이가 일본에 대해 절망적일 때, 내 마음의 한 구석에서는 희미하지만 일본과 아시아의 작은 희망을 바라보았다.

내가 일본에 대해 그렇게 희망을 가졌던 이유는, 첫째, 자신이 사는 국가공동체에 대해 참담한 절망을 갖는 야마구치 같은 지식인이 현대일본에 존재한다는 사실이다. 캄캄한 고통의 끝자락에 발자국을 찍어야 희망을 잉태할 수 있기 때문이다.

둘째, 미국의 태평양 군사전략과 중국의 군사력 팽창, 그리고 북조선의 핵개발은 언제든지 아시아를 전쟁의 지옥으로 만들 수 있다. 그러나 후쿠시마 사태를 전환점으로 삼아서 일본의 민중들이 반전 반핵과 탈핵을 이루고, 그러한 결과를 아시아 민중들과 공유하고 연대한다면 아시아의 평화를 위해서 더없이 귀중한 역사를 만들 수 있겠다고 생각했다.

만약 일본이 그럴 수만 있다면, 식민지 지배와 태평양 전쟁에 대한 과거의 모든 범죄행위를 용서 받을 수 있는 기회가 될 것이라는 희망의 끈을 놓지 않았다.

내가 야마구치에게 이런 말을 했을 때 그이는 말없이 고개를 저었다. 그의 표정은 절망이 단호했다.

후쿠시마 사태 이후 일본의 모든 핵발전소가 점검을 위해서 1년 동안 정지되었다. 그해 여름 폭염이 무척 심했지만 사람들은 특별한 문제없이 삶을 이어갔다. 그러나 1년만에 일본의 원전은 아무런 일도 없었다는 듯이 하나씩 다시 가동을 시작했다. 사람들도 더 이상 관심을 두지 않는 듯이 보였다.

그리고 후쿠시마 원전 사고 현장에 숨겨진 비밀들이 하나 둘씩 드러났다. 드러난 사실들은 충격의 강도가 점점 강해졌다. 그 때 쯤엔 이미 충격과 절망에 대해 충분한 면역성이 사람들에게 생겨버린 이후였다.

나는 후쿠시마 대진재 이전에 약 10여년 동안 '야스쿠니의 미망(迷妄)' 연작을 그리면서 '현대일본'과 더불어 '근대국가'에 대해 끊임없이 절망을 했다. 그 10년 동안 나는 인간에 대한 절망으로 너무나 힘든 고통을 겪었다. 인간의 역사를 온통 어둠의 늪으로 만들어놓은 저 끈적끈적한 야스쿠니의 어둠을 통해 누구보다도 일본의 속성을 잘 안다고 자부했지만 그것은 곧 어리석은 생각이었다는 것을 깨달은 것은 후쿠시마 사태 이후 채 1년도 걸리지 않았고 이제야 나의 친구 야마구치의 깊은 절망을 진심으로 이해할 수 있었다.

일본은 2021년 올림픽을 '후쿠시마 부흥 올림픽'이라고 선전했다. 2019년 12월에 깨어난 코로나 바이러스가 인류를 강타했다. 일본은 올림픽을 앞두고 후쿠시마 방사능 오염수를 태평양에 방류할 것을 결정했다. 일본 국민과 아시아 인민들과는 아무런 논의도 없이 일본 정부의 일방적인 결정이다. 후쿠시마 사태 이후 줄곧 사태 뒤처리와 수습을 완벽하게 하겠다고 누누이 자랑삼아 말했던 그들이다. 그러나 태평양 방류라는 무도한 결정을 내린 일본은 이미 부끄러움이나 자책감 따위는 안중에도 없다. 향후 정치적이고 경제적인 이해에 관한 일이라면 어떠한 무모한 결정도 할 수 있다는 것과 정치권력의 그런 무모한 결정 앞에서는 찍소리 한번 못하고 죽은 듯이 따라야 하는 국민의 수준을 입증했다.

야마구치는 깊은 역사적 통찰을 통해서 현대일본의 이러한 심중(心中)을 이미 낱낱이 읽고 있었던 것이다. 그이가 후쿠시마 사태 초기에 한국과 타이완을 떠돌면서 후쿠시마와 일본의 미래에 관한 강연을 하고 여러 미디어에 칼럼을 기고했던 것도 사실은 현대일본의 심중을 밝히는 예언자의 길이었다. 그러나 여전히 국가주의가 전횡(專橫) 하는 아시아는 일본의 심중을 점점 닮아갈 수밖에 없었다.

그이의 절망과 고통은 더욱 깊어만 갔다. 그이의 절망은 일본이라는 국가의 미래뿐만 아니라 인간이 본디 갖고 있는 본성에 관한 절망감이었다.

국가주의가 만드는 '아우슈비츠'는 현대의 일상 속에도 있고, 근본적으로 우리의 마음속에 '숨어' 있다.

태평양전쟁 당시 일본 군국주의가 만든 대본영(大本營) 체제는 아직까지도 일본 민중들 삶 속에도 엄연히 존재하고, 어느덧 마음속에서 중심핵이 되어 모든 사고와 행동을 지배하고 있다. 후쿠시마 사태의 진실을 은폐하기 위한 정부와 도쿄전력의 온갖 사기술은 이미 우리의 마음속에 은밀하게 잠들어 있던 악(惡)의 잠을 깨운 것에 불과했다.

　도덕적으로 타락하지 않고 또한 편견도 없는 대단히 이성적인 사람들이 인간 존재의 파괴에 적극적이고 현실적으로 참여하는 것을 우리는 자주 경험하고 있다.
　야마구치는 현대일본을 하나의 커다란 집단 수용소나 감옥으로 생각하고 있다. 일본의 전통 중에서 가장 허망한 것이 '무사도(武士道)'라는 문화다. 그것을 쉽게 해석하자면 처음부터 끝까지 온통 자학(自虐)과 자해(自害)로 헝클어진 대단히 퇴영적인 병정놀이에 불과하다. 상황이 복잡해지거나 해결할 대안을 찾기 힘들면 자기성찰을 통해 벗어나려는 노력 대신에 자학과 자해의 늪을 향해 스스로 걸어간다. 이때 과거 일본의 군국주의가 국민들의 뇌 속에 심어놓은 집단심리가 발아(發芽)한다. 이러한 과정으로부터 벗어나려는 사람을 견제하고 감시하고 소외시키고 폭력으로 응징하는 상황을 가해자나 피해자 모두 자연스럽게 받아들인다. 일본의 정치권력과 국민이 후쿠시마 사태를 해결하는 태도는 '자학과 자해'적인 방법을 선택함으로서 현대일본은 결국 '가스실 없는 일본판 아우슈비츠'가 되어버렸다.
　야마구치의 절망은 바로 이 지점에서 앞도 뒤도 시작도 끝도 없는 처절한 고통 속으로 들어갔다.

　누구든 길을 떠나면 언젠가는 다시 집으로 귀환한다. 절망의 끝에 서서 태허(太虛)를 만나면 애증이 함께 깃든 고향을 다시 찾게 된다.
　야마구치는 청년시절 대학에서 미술을 전공했으나 중퇴이후 지금까지 그림 대신에 수많은 소설과 문학평론, 그리고 문화비평 등을 저작했다. 그런 그이가 청년시절에 놓았던 그림붓을 다시 들었다.
　절망에 지친 그이가 고향에 잠시 들른 것인지, 혹은 영원히 뿌리박기 위해서 귀향을 한 것인지는 아무도 예상할 수 없다. 문자 텍스트 보다는 시각매체인 그림이 대중들의 감성을 훨씬 더 쉽게 움직일 수 있다는 판단을 했을 수도 있다.

　그러나 무엇보다도 중요한 것은 그이가 새롭게 그리는 그림의 형상이다.
　2019년에 나에게 15점의 작품 사진을, 그리고 한달여 전에 새로운 그림 약 10 여점의 작품을 보내왔다. 나는 그이의 표현주의적인 작품으로 분류될만한 이미지를 보고 깜짝 놀랐다. 서양의 표현주의와는 전혀 다른 형상미를 갖고 있었다. 더 놀라운 것은 내가 청년시절에 그리고 싶었던 바로 그 형상이 야마구치의 손으로 구현되었던 것이다.

　추상표현주의란 무엇인가. 이말 저말 긴말 필요 없이 극히 쉽고 간단하게 설명하자면 나의 앞에 놓인 시대적인 상황을 여러 색채와 형태를 빌어 표현하는 것이 아닌가. 물론 그것을 아무렇게나 마음가는대로 붓을 움직여 표현한다면 양식화된 모더니즘이 되어버리기 십상이지만 그이가 누군가. 천하에서 둘도 없는 리얼리스트, 야마구치 이즈미가 아닌가.
　화면에 나타난 붓질 하나 하나는 자연스럽게 보이지만, 그것들이 만나서 이루는 형상은 철저하게 계산되고 계획되었음이 분명했다. 표현주의적인 그림 그리기에서

14

감정의 과잉은 자칫 '엄살'이 되어버린다. 엄살은 진정성을 상실한다. 흔히 명화라고 불리며 우리들에게 회자된 유명한 그림들 중에서도 엄살만 잔뜩 부려서 진정성이 결여된 그림들이 적지 않다. 그러나 평생 동안 리얼리즘 정신에 충실한 야마구치에게 감정표현의 과잉은 존재할 틈이 없었다.

야마구치는 현대일본에 대한 절망감에서 인간존재의 근본까지 절망하게 하는 시커먼 고통의 끝자락에 서서 세상을 온통 덮으려는 미움과 증오와 사랑으로 뒤범벅이 된 인생들과 날마다 좌절하는 비루한 우리들 목숨과 겨우 움켜잡은 희망의 불꽃도 채 하루를 버티지 못하고 변색되어버리는 이 황당한 세월을, 우리들 각자의 뇌 속에 싹을 틔워 쑥쑥 속성으로 자라나는 집단심리에 젖어서, 누군가의 손에 끌리거나 떠밀려서 혹은 누군가를 질질 끌고 저 아수라 죽음의 구렁텅이를 향해 걸어가는 내 벗들의 허름한 뒷모습을, 자학과 자해를 과감하게 단행하는 일본사회의 야만을 그림으로 기록하고 있다.

청년시절 이후 지금까지 인생의 대부분을 문자텍스트로 수많은 저작을 했던 까닭일까. 그의 그림에는 언어의 특수한 특징인 운율이 내재되어 있다. 운율은 시나 산문에 반드시 필요한 본질적인 요소다. 운율은 감정의 반응을 높이고, 읽는 사람에게 균형감각을 준다.

그의 그림에는 이러한 은율이 겉으로 드러나기도 하지만, 일정한 형식을 취하지 않으면서도 독특한 내재율을 담고 있다.

그이가 어쩌면 새로운 경지의 '문자그림'을 창조하고 있는지도 모른다.

후쿠시마 사태 이후 그가 느낀 죽음보다 더한 절망은 그이가 평생 동안 수많은 저작을 했던 일본어와 일본 문화에 대한 절망도 포함되어 있었을 것이다.

언어에 대한 절망은 곧 내 자신의 인간존재가 갑자기 증발해버리는 허탈감이며, 내 신념을 송두리째 파산시켜버리고 우리를 좌절의 깊은 바다 속에 내던져 버리게 된다. 언어의 박탈은 역사의 부정이다. 과거도 현재도 미래도 존재하지 않는 세상이 되어버린다.

'언어의 절망'이라는 야만의 시대를 살아가고 있는 야마구치가 '문자그림'을 통해서 새로운 소통의 언어를 만들고 있다.

이 소통은 분명히 성공할 것이라고 나는 확신하고 있다.

이 절망적인 세월에도 불구하고 야마구치 이즈미와 동시대를 살고 있다는 사실 하나만으로도 나는 행복하다.

더구나 그이가 나의 귀중한 친구라는 것이 자랑스럽다.

2021년 4월 21일

絶望してもなお創造し続ける、人間としての行為

江尻　潔

（足利市立美術館次長・学芸員／詩人）

「このままで本当に良いのだろうか」

今となっては少なからぬ人が、一度は抱いた感慨ではないだろうか。

福島第一原発事故により、この国は、人を大事にしない、それどころか命を二の次にすることが露呈した。さらにコロナ禍にあって、より深刻な事態を引き起こしている。

かかる現状にあって、本書の意義はこの上なく大きい。山口泉の問い、「日本。この死の国からも、なお語られ得る『希望』はあるか、と。あなたがたに。あなたに──」は胸に迫る。

この問いにどう答えるか。本書を紐解けばひとつの「答え」が浮かんでくる。それは、「真の『希望』とは、果てしない『絶望』を見据えながら、諦めないこと。本来、人が生き得ない世界で、なお、人として生きようと願いつづけること──」である。

山口は絶望のさなか「希望」を紡ぐ。本書はその軌跡である。

山口の絵画作品の素晴らしさは、絶望してもなお創造し続ける、人間としての行為の現れであることだ。

彼の作品は時に禍々しく、時に破壊的である。それは目下の状況が彼の内面に与えたダメージの姿だ。

しかし、心を鎮めて見れば、その中に澄みきった色彩と光が潜んでいることがわかる。これらの色彩から名状しがたい響きが聞こえてくる。響きは、人間は本来、自由であり、高みに至りうる存在であるということを気づかせてくれる。

本書は、困難極まりない現状下、なおも私たちに残された「希望」に他ならない。

절망해도 여전히 창조하는 인간으로서의 행위

에지리 키요시 (江尻潔)

(아시카가시립미술관 차장·학예사 / 시인)

"이대로 정말 괜찮은 걸까?"

요즘 들어 적지 않은 사람들이 한번쯤은 가져봤을 생각이 아닐까 .

후쿠시마제1원전사고로 이 나라는 사람을 소중히 여기지 않는 , 아니 그러기는커녕 생명을 등한시한다는 사실이 역력히 드러났다 . 설상가상으로 코로나 참화가 닥쳐 더 심각한 사태를 초래하고 있다 .

이러한 상황에서 야마구치 이즈미의 이번 화문집이 갖는 의미는 더할 수 없이 크다 . 야마구치 이즈미의 물음 , "일본 . 이 죽음의 나라에도 , 아직 이야기할 수 있는 '희망' 은 있는가 , 라고 . 그대들에게 . 그대에게――"

그의 이 물음이 가슴으로 파고든다 .

이 물음에 뭐라고 답할까 ? 이 책을 펼치면 하나의 '답' 이 떠오른다 . 그것은 "진정한 '희망' 이란 끝이 없는 '절망' 을 응시하면서 포기하지 않는 것 . 무릇 사람이 살 수 없는 세계에서 더욱 더 사람으로서 살아가기를 한없이 바라는 것――" 이다 .

야마구치는 절망의 한가운데 '희망' 을 잣는다 . 이 책은 그 궤적이다 .

야마구치의 회화작품이 갖는 훌륭함은 절망 속에서도 끊임없이 창조하는 인간으로서의 행위의 표출이라는 것이다 .

그의 작품은 때로는 불길하고 때로는 파괴적이다 . 그것은 목하의 상황이 그의 내면에 부여한 상처의 모습이다 .

하지만 마음을 가다듬고 보면 , 그 안에 맑디맑은 색채와 빛이 깃들어 있음을 알 수 있다 . 이들 색채에서 이루 말할 수 없는 울림이 들려온다 . 그 울림은 인간은 원래 자유로우며 높은 곳에 이를 수 있는 존재임을 깨닫게 해준다 .

이 책은 지극히 힘든 상황에서도 우리에게 남겨진 '희망' , 바로 그것이다 .

(김경인 옮김)

孤独や絶望に耐えている者だけが許される力

　山口泉さんの絵画作品を初めて拝見したのは、山口さんに月１でご寄稿いただいている『週刊金曜日』の連載コラム「肯わぬ者からの手紙」の編集作業においてでした。2020 年 4 月 24 号の「ウイルスと放射能の列島　命の唯一性冒瀆を許すな」と題する原稿に、『死の国からも、なお、語られ得る「希望」はあるか？』の絵画作品がカット図版として添えられていたのです。

　山口さんには 2005 年 1 月以来、あるときは批評、あるときは小説のかたちで本誌に定期的に執筆いただいていますが、絵画作品の制作についてお話をうかがった記憶はありません。そんなこともあって担当者として、いくつかおたずねしたいこともありましたが、実際にはうかがうことはしませんでした。

　これは勝手な思い込みにすぎないのですが、山口さんの作家活動が重要な段階に入ったのではないかということと、いつかこの作品群と向き合う日がくるかもしれないという予感めいたものだけはありました。

　今回、山口さんからその機会を与えていただいたことは、とても光栄に思います。それは、日本社会が重大な終末的な状況にさしかかってきたことと無縁ではないと、いまは確信するようになりました。

　この状況下で、山口さんが絵筆をもってキャンバスに向かわれることが、どれだけやむにやまれぬものであったのか、その事実に打ちのめされたように感じたからです。

　一つひとつの作品には、輪郭をつかみ取る勇気、荒々しくも繊細な色使い、いままで見知ってきた過去の偉大な画家たちの世界に再びめぐりあえたような懐かしさを覚えました。そして孤独や絶望に耐えている者だけが許される、のびやかさ、美しさ、そして力を感じました。

　ウイルスと放射能が追い打ちをかける、この根腐れした社会のなかで、このテキストと絵画が問いかけるもの、それはあまりにも重く、私自身十分に受け止めることができていません。ただ、立ち尽くしながら、それが世界のために、生命のために、どれほど重要であるか——それを噛みしめているのです。

고독과 절망을 버티는 이에게만 허락되는 힘

코바야시 카즈코 (小林和子)
(『주간 금요일 (週刊金曜日)』 편집장)

야마구치 이즈미 씨의 회화작품을 처음 본 것은, 야마구치 씨가 한 달에 한 번 기고하고 계시는 『주간 금요일』의 연재칼럼 「수긍하지 않는 이로부터의 편지」의 편집작업을 할 때였습니다. 2020년 4월 24일호 「바이러스와 방사능의 열도 - 생명의 유일성 모독을 용서하지 마라」라는 타이틀의 원고에, 『죽음의 나라에도 아직 이야기할 수 있는 '희망'은 있는가?』라는 회화작품이 삽화로 첨부되어 있었던 겁니다.

야마구치 씨는 2005년 1월부터 지금까지 어느 때는 비평을, 또 어느 때는 소설 형식으로 본지에 정기적으로 기고해오고 계시지만 회화작품 제작에 관한 이야기를 들은 기억은 없습니다. 그러다보니 담당자로서 몇 가지 여쭙고 싶은 것들도 있었지만 실제로 여쭙지는 않았습니다.

그것은 저 혼자만의 생각에 불과하지만, 야마구치 씨의 작가활동이 중요한 단계에 접어든 게 아닐까 하는 생각과, 언젠가 이 작품들과 마주할 날이 올지 모른다는 예감 같은 느낌은 있었습니다.

이번에 야마구치 씨가 그 기회를 저에게 주신 것이 영광스러울 뿐입니다. 그것은 일본사회가 중대한 종말적인 상황에 돌입해있다는 것과 무관하지 않다는 것을 지금은 확신하게 되었습니다.

이런 상황에서 야마구치 씨가 화필을 들고 캔버스를 향해 서는 것이 얼마나 부득이한 일이었을지, 그 사실에 한 대 얻어맞은 기분이 들었기 때문입니다.

작품 하나 하나에는 윤곽을 사로잡는 용기, 거친 듯 하면서도 섬세한 색채, 지금까지 익숙했던 과거의 위대한 화가들의 세계를 다시 보는 듯한 그리움을 느꼈습니다. 그리고 고독과 절망을 버티는 이에게만 허락되는 여유로움, 아름다움, 그리고 힘을 느꼈습니다.

바이러스와 방사능이 연이은 타격을 가해오는, 이런 뿌리마저 썩은 사회에서 야마구치 씨의 텍스트와 회화가 던지는 질문, 그것은 너무나도 무거워서 제 자신이 제대로 받아들일 수조차 없습니다. 다만 우두커니 서서 그것이 세계를 위해, 생명을 위해 얼마나 중요한지 ― 그것을 곱씹고 있을 따름입니다.

(김경인 옮김)

I
死の国からも、
なお、
語られ得る「希望」はあるか？
（2012 年）

朝鮮語訳／稲葉真以

朝鮮語訳校閲／徐勝　洪成潭

死の国から、私はあなたに走り書きのメイルを送る。

そう。すでに命より早く、心・魂・精神……といった言葉で表わされてきた、もろもろの人間的事象の滅び去った、この国から。

죽음의 나라로부터 나는 당신에게 황급하게 쓴 메일을 보낸다 .

그래 , 이미 목숨보다 먼저 마음 · 영혼 · 정신……과 같은 말로 표현되어 온 다양한 인간적인 사안들이 멸망해버린 이 나라에서 .

From the country of death, I send a scribbled e-mail to you.

That's right. From this country, where the various human phenomena once expressed by the words; heart, soul, mind...have already perished.

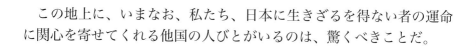

この地上に、いまなお、私たち、日本に生きざるを得ない者の運命に関心を寄せてくれる他国の人びとがいるのは、驚くべきことだ。

이 지상에서 아직도 여전히 우리, 일본에서 살지 않을 수 없는 자의 운명에 관심을 가져 주는 타국 사람들이 있는 것은 놀라운 일이다.

It is a surprising fact that there are still people of other countries who show concern for what will happen to us, those who cannot but live in Japan, on this earth.

いや、だがしかし、本来それは不思議でもなんでもないのかもしれない。
　なぜなら——この国の滅びを放置することは、そのまま極東の、さらにはアジア圏全域の、ひいては北半球全部の滅びにすら直結しかねないのだから。

ア니 , 그러나 본래 그것은 불가사의도 아무것도 아닐지도 모른다 .
왜냐하면—— 이 나라의 멸망을 방치하는 것은 그대로 극동의 , 나아가 아시아권 전역의 , 나아가서는 자칫 북반구 전체의 멸망에도 직결될 수도 있으니까 .

No, actually it might not be that strange after all.
Because leaving the extinction of this country to chance may lead directly to the extinction of the Far East...then of the whole Asian region, even, in the end, of the entire Northern Hemisphere.

すでに制御不能に陥って久しい東京電力・福島第１原発には、遠からず、人が近づけなくなるかもしれない。

それはすなわち、大量の核燃料棒が放置された４号機燃料プールの問題のみならず、東京電力・福島第２原発、茨城県の東海村原発、青森県の六ヶ所村核燃料施設……と、連鎖的に致命的な核被害が継起してゆくことを意味する。六ヶ所村核燃料施設の破局は、少なくとも北半球の終焉となりかねない。

이미 제어 불능 상태에 빠진지 오랜 도쿄 전력 후쿠시마 제１원전에는 머지 않아 사람이 접근할 수 없게 될지도 모른다.

그것은 즉, 대량의 핵 연료봉이 방치된 ４호기 연료 저장 탱크의 문제뿐만 아니라, 도쿄 전력 후쿠시마 제２원전, 이바라키현의 도카이 마을 원전, 아오모리현의 롯카쇼 마을 핵 연료 시설…… 등 치명적인 핵 피해가 연쇄적으로 일어나는 것을 의미한다. 롯카쇼마을 핵 연료 시설의 파국은 적어도 북반구의 종언이 될 수도 있다.

Soon perhaps nobody will be able to approach the Tokyo Electric Power Company (TEPCO) Fukushima Nuclear Power Plant No.1, which has been out of control for a long time.

I mean a chain-like succession of fatal nuclear damage, in addition to the problem of TEPCO Fukushima Nuclear Power Plant No.1's fourth unit fuel pool, where a large quantity of nuclear fuel rods have been neglected; Fukushima Nuclear Power Plant No.2, Nuclear Power Plant of Tokai village in Ibaraki Prefecture and the nuclear fuel facility of Rokkasho village in Aomori Prefecture ;The collapse of the facility of Rokkasho village could lead to the demise of at least the Northern Hemisphere.

ところが、ほかならぬ当事者が——ただ日本人のみが、ほとんどまったく、その息苦しい事実に気づかないらしいのは、どうしてか？関心を示さないのは、なぜなのか？

　いまだマスクもせず外を歩き、事故前の数百倍に放射能汚染された食物を平然と口にしている。東京でさえ、空間線量だけで0.15〜0.20 μ Sv/h に上るというのに。

　그런데 바로 당사자가—— 오직 일본인만이 거의 전혀 그 답답한 사실을 깨닫지 못하고 있는 것은 , 왜 그럴까 ? 관심을 나타내지 않는 것은 왜 일까 ?

　아직도 마스크도 하지 않고 밖을 돌아다니고 , 사고 이전의 수백 배로 방사능이 오염된 음식을 태연하게 먹고 있다 . 도쿄에서조차 공간선량만으로 0.15~0.20 μ Sv/h 에 달하고 있는데도 .

　But why do the people ——even just the Japanese— seem hardly to notice these suffocating truths? Why don't they show any interest at all?

　They walk outside without masks, and calmly eat food contaminated to several hundred times the pre-accident levels of radioactivity even though the air dose has risen to 0.15-0.20μSv/h even in Tokyo.

福島の状況は、さらに地獄だ。

すでに子どもたちはその３分の１ないし半分近くに、甲状腺異常が発生していると言われている。だが、国と県は、彼らを避難させず、逆に携帯線量計を持たせてモルモットに仕立て上げているのだ。

후쿠시마의 상황은 더욱 지옥이다 .

이미 아이들은 그 3 분의 1 내지 절반 가까이가 갑상선 이상이 발생하고 있다고 알려져 있다 . 하지만 국가와 지방정부는 그들을 대피시키지 않고 , 오히려 휴대 측정기를 지니게 하고 모르모트로 삼고 있다 .

The situation of Fukushima is more hellish yet.

It has already been noted that one-third to one-half of children there have exhibited thyroidal abnormalities. But neither the national nor prefectural government evacuates them; instead, they make the children wear mobile dosimeters, experimenting on them as on so many guinea pigs.

だから私は、この日本を「死の国」だというのだ。肉体より、命より先に、人びとの魂と批判精神が滅んだ国である。

そして、株式会社東京電力は、なんら処罰を受けることもなく、日本政府は全面的にその「救済」に回っている。

그래서 나는 일본을 '죽음의 나라'라고 한다. 육체보다, 생명보다 먼저, 사람들의 영혼과 비판 정신이 없는 망한 나라다.

그리고 주식회사 도쿄전력은 아무런 처벌도 받지 않고 일본 정부는 전면적으로 그 도쿄전력을 살려내는 것에만 주력하고 있다.

Therefore I declare Japan "a country of death". It is a country where both the soul and the critical spirit of the people have failed before both body and life.

And TEPCO receives no punishment at all; the Japanese government envelops it with *relief.*

そして今また、日本大衆は、これまでこの地震多発国の狭い国土に54基もの原子炉を林立させてきた自民党を政権に復帰させてしまった。
　すでに自民党は、早速、公然と原子力政策の続行を言明している。

　そりこ 지금 또 일본 대중들은 여태껏 지진 다발 국의 좁은 국토에 자그만치 원자로 54 기를 빽빽하게 세운 자민당을 태연히 지지하고 있다 .
　이미 자민당은 원자력 정책을 계속 할 것을 공공연히 밝히고 있다 .

And now the Japanese populace has returned to power the Liberal Democratic Party, responsible for the fact that the landscape of this small and earthquake-prone country bristles with 54 reactors.

And the LDP has already declared the prompt and official continuation of the atomic energy policy.

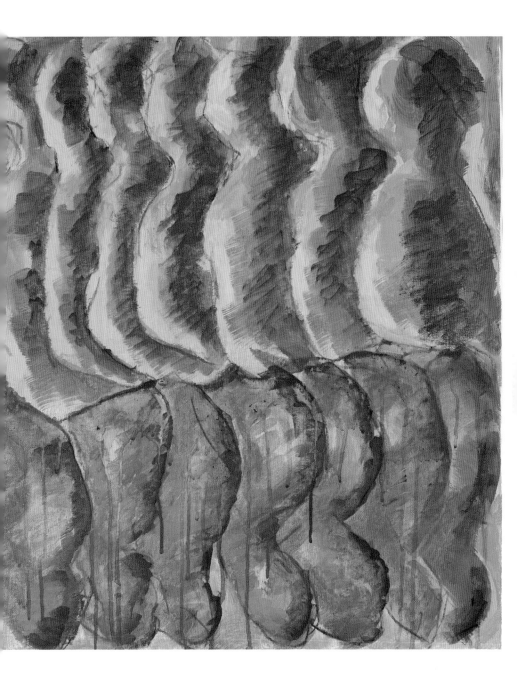

こう言えば意外に思われるかもしれないが、ヒロシマ・ナガサキ・ビキニについて、現在、世界で最も無知なのは日本人である。

核被害当事国なのに、か？

いや。核被害当事国であるからこそ、なのだ。

だからこそ、アメリカと結託した日本政府は、自国からの、当然、然るべき重みを持つはずの核廃絶の声を封殺するため、教育やマスメディアのすべての回路を通じ、多年にわたって愚民政策を推し進めてきた。

이렇게 말하는 것은 뜻밖이라고 생각할지도 모르나 , 히로시마 · 나가사키 · 비키니에 대해 현재 , 세계에서 가장 무지몽매한 것은 일본인이다 .

핵 피해 당사국인데도 ?

아니 . 핵 피해 당사국이기에 그렇다 .

그러기 때문에 미국과 결탁한 일본정부는 자국민으로부터 나올 핵폐기의 목소리를 봉쇄하기 위해 교육과 미디어의 모든 회로를 통해 다년간에 걸쳐서 우민화 정책을 추진해왔다 .

You may think it surprising for me to say this, but the most ignorant people in the world today about Hiroshima, Nagasaki, and the Bikini Islands are the Japanese.

Even though Japan has sustained nuclear damage, right?

Actually, it is precisely *because* Japan has sustained nuclear damage!

For this very reason, for many years the Japanese government, in collusion with the United States, has been pushing a policy of keeping the people ignorant and subjugated through every educational and media route in order to suppress the voices calling for complete abolition of nuclear weapons, naturally with the gravity appropriate to a country that has sustained nuclear damage.

しかしもちろん、責任は私たち一人一人にある。

東京電力・福島第1原発事故という、取り返しのつかない破局をもたらした上、いままた正気を失った原発政策推進と、アジアに末期的な軍事緊張を強いる軍国主義者たちの意図を体現した「憲法改悪」を断行しようとするファシスト政権。

日本大衆は、第二次世界大戦における戦争責任を曖昧にしたまま過ごしてきた「戦後」67年の果てに、いま再び、さらに決定的な全人類に対する大罪を犯したのだ。

ヒロシマ・ナガサキ・ビキニの死者たちに対しても、チェルノブイリの死者たちに対しても、顔向けできない。

그러나 책임은 물론 우리들 개개인에 있다 .

도쿄 전력 후쿠시마 제 1 원전의 사고라는 돌이킬 수 없는 파국을 가져 온데다가 , 지금 또 다시 정신 나간 원전 정책 추진과 아시아에 종말론적인 군사 긴장을 강요하는 군국주의자들의 의도를 구현한 '헌법 개악' 을 단행하려는 파시스트 정권 .

일본 대중들은 제 2 차 세계대전에서의 전쟁 책임을 애매하게 한 채 지내 온 '전후 (戰後)' 67 년의 끝자락에 지금 다시 더욱 결정적인 전 인류에 대한 죄를 범하고 있는 것이다 .

히로시마 · 나가사키 · 비키니에서 죽어간 사람들에 대해서도 체르노빌에서 쓰러져 간 사람들에 대해서도 얼굴을 들 수 없다 .

However, of course the responsibility for the present situation lies with each of us.

The fascist administration attempts to carry out constitutional corruption that embodies the intentions of militarists who force terminal military strain in Asia and an insane nuclear policy after having caused the irreparable collapse that is the TEPCO Fukushima nuclear accident.

Again, the Japanese public, after 67 "post-war" years, leaving ambiguous its responsibility for World War II, has now committed an even more decisive serious crime against all humankind.

We cannot face the dead of Hiroshima, Nagasaki, Bikini, or Chernobyl.

もはや、消せない火。中世の疫病。組織を侵蝕しつづける癌腫。
それら、いかなる比喩も間違っている。
すでに言語の及ばない、反人間的・反生命的・反世界的暴力として、それら核物質と、その放つ放射線とはあるのだから。

이미 인간의 손으로 끌 수 없는 불 . 중세의 염병 . 조직을 파먹어 들어가는 암 .
그 어떠한 비유도 안 맞다 .
이미 언어가 미치지 못한 반 (反) 인간적 · 반생명적 · 반세계적인 폭력으로서 핵 물질들과 그가 내뿜는 방사선은 여전히 존재하고 있으니까 .

A fire that can never be extinguished. A medieval plague. A cancer continuously eating away at the tissue;

Those metaphors are all wrong.

It's beyond language now, because there is nuclear material and the radiation it emits: violence that is anti-human, anti-life and anti-world.

ただ、数十万年という時間のみが、唯一、放射能を低減する。すなわち、人類にとっての現実的時間の問題としては、事実上、事態は終わっているのだ。
　世界が終焉した後、いかなる生の残余を生きるか――。そのことが、いま私たちに道徳の問題として課されている。

　다만 수십만 년이라는 시간만이 유일하게 방사능을 저감시킨다．이것은 인류에게 현실적인 시간문제가 아니다．사실상 사태는 끝난 것이다．
　세계의 종말 후 우리는 삶의 남은 시간을 어떻게 살 것인가――．그 것이 지금 우리에게 도덕의 문제로 부과되어 있다．

　The only thing that reduces radioactivity is hundreds of thousands of years of time. In other words, as a problem of humankind's actual time, the world is effectively at an end.
　Now it's a moral issue; we are charged with how to live out the remainder, following the world's demise.

私はキュリー夫妻やアインシュタインを、絶対に許さない。回復不可能な過ちを犯した者たちの説く「平和」や「人間性」を、決して認めない。

彼らがいなければ、広島・長崎・ビキニもなかった。今日の惨状が、当初は予見できなかったというなら、それは彼らの、科学者としての決定的な資質の欠如を示しているにすぎない。「知的探求心」とは、核暴力の免罪符ではない。

そして彼ら科学者の功名心と権力欲が、いま現に福島に生きることを強いられる子どもたちの甲状腺を損傷している。

나는 퀴리 부부와 아인슈타인을 절대로 용서하지 않는다. 회복할 수 없는 잘못을 저지른 자들이 말하는 '평화'와 '인간성'은 결코 인정하지 않는다.

그들이 없었다면 히로시마・나가사키비키니도 없었다. 오늘의 참상이 당초 예견 못했다고 한다면, 그것은 그들의 과학자로서의 자질의 부족을 확실히 보여 줄 뿐이다. '지적 탐구심'이란 핵폭력의 면죄부가 아니다.

그리고 그들은 과학자의 공명심과 권력욕이 지금 실제로 후쿠시마에 살아야 하는 아이들의 갑상선을 손상하고 있다.

I will never forgive Einstein or Curie. I will never recognize the "peace" and "humanity" preached by those who committed these irreparable errors.

If not for them, there would have been no Hiroshima, Nagasaki, or Bikini Islands. If, in the beginning, they were not able to foresee today's disastrous scene, that shows a lack of the scientist's decisive nature. And an "intellectual quest" does not equal the indulgence of nuclear violence.

In fact those scientists' ambition and desire for power are damaging the thyroid glands of children now forced to live in Fukushima.

いつ、誰が、「原子力」で電気を作ってくれ、などと頼んだか？

言제 , 누가 , '원자력' 으로 전기를 만들어 달라고 했는나 ?

Who was it who asked if they could please make electricity with atomic energy? And when?

助ケテクダサイ。

私タチハ今、日本政府ト東京電力、ソシテソレニ追随スルますめでいあや御用学者ラノ手ニヨッテ、絶望的ナ放射能がす室列島ニ閉ジ込コメラレテイマス。

私タチハ、自ラガ既ニ殺サレテイルコトニスラ気ヅカナイ、絶望的ナ愚者ニホカナリマセン。

도와주세요.

우리는 지금 일본 정부와 도쿄 전력 그리고 그들을 따라가는 메스미디어와 어용 학자들의 손으로 인해 절망적인 방사능 가스실 열도에 갇혀있습니다.

우리는 스스로가 이미 살해당한 사실을 깨닫지 못하는 절망적인 어리석은 자들임이틀림 없습니다.

Please help.

We are imprisoned in a hopeless radioactive gas chamber archipelago at the hands of the Japanese Government, TEPCO, the mass media and their sycophantic scholars.

We are now nothing but hopeless fools who know not even that we ourselves have already been murdered.

いま「希望」を語ることは冒瀆である。人が現実に被っている惨苦に対して。

種としての人類ではない、個人は一回性の生を生き、死ぬことしかできない。

人は、他者への教訓のサンプルや恐怖の見世物として生まれるわけでもない。

지금 '희망'을 말하는 것은 모독이다. 사람이 현실에서 당하고 있는 엄청난 고통(慘苦)에 대하여.

종(種)으로서의 인류가 아닌 개인은 일회성의 삶을 살고 죽을 수밖에 없다.

사람은 타자에 대한 교훈의 샘플이나 공포의 구경거리로 태어난 것도 아니다.

Now it is blasphemy to speak of "hope"—as measured against the actual terrible suffering people are enduring.

Individuals are not the human race as a species; individuals live but one life, and then must die.

A person is not born as a lesson to others or as an example to fear.

だが、それでも語り得る「希望」があるのか？
だとしたら、それは誰による、誰のための「希望」？

하지만 그래도 말할 수 있는 '희망'은 있는가 ?
그렇다면 그것은 누구에 의한 , 누구를 위한 '희망' ?

But is there still "hope" we can talk about?
If so, by whom, for whom, is this "hope"?

いまや私は、すべての力を振り絞って闘わねばならない。
作家としても、人間としてもだ。

이제 나는 모든 힘을 다해 싸워야 한다 .
작가로서도 , 인간으로서도 .

Now I must summon all my strength and fight.
As a writer, and as a human being, too.

連帯は、ずたずたに切り裂かれている。不信と憎悪が渦巻いている。

何よりやりきれないのは、選りにも選って、それらが、東京電力・福島第 1 原発事故の後、この国の民衆にもたらされた最大の感情にほかならないということだ。

연대는 갈기갈기 찢겨졌다 . 불신과 증오가 소용돌이 친다 .

무엇보다 참을 수 없는 것은 하필이면 그것들이 도쿄 전력 후쿠시마 제 1 원전 사고 후 , 이 나라의 민중에게 가해진 최대의 감정에 다름이 아니라는 것이다 .

Solidarity is cut to pieces. Distrust and hatred swirl.

Most unbearable of all is that those are the utmost feelings brought up within the people of this country after the accident at TEPCO Fukushima nuclear plant No.1.

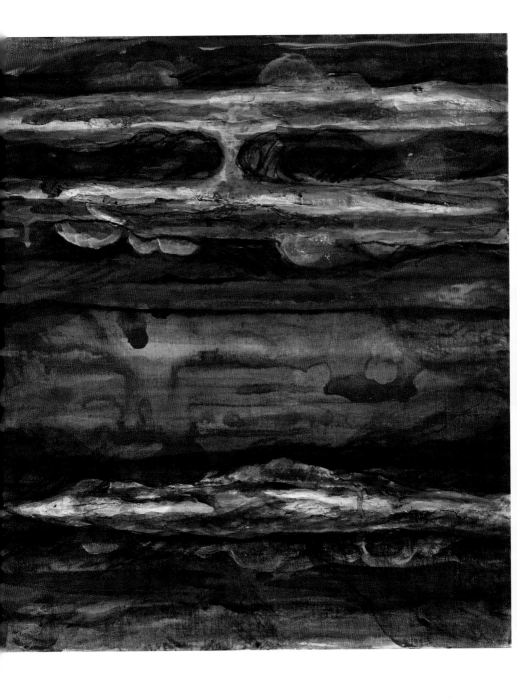

だが幸い、幾人かの友がいる。
　この、死の国の底、何重もの地獄のただなかで出会った友だ。奇蹟のように。

　　

　하지만 다행히 몇몇 친구가 있다.
　이 죽음의 나라의 밑바닥, 몇 겹의 지옥 한 가운데서 만난 친구들이다. 기적처럼.

But, fortunately, I have a few friends;
　I met them at the bottom of this country of death, at the center of this multilayered hell, like a miracle.

彼らの何人かは、未来への希望をつなぐだろう。

　この絶望に塗りこめられた時代の、あまりにも僅かな希望——ただ、彼らの心臓の鼓動がまだ響いてはいるという、もしかしたら、それだけかもしれぬ希望である。

　그들의 몇몇은 미래로 향하는 희망을 이어 갈 것이다 .

　이 절망으로 도배된 시대의 , 너무나 미미한 희망—— 단지 그들의 심장의 고동이 아직도 울리고는 있다는 , 어쩌면 그냥 그것만일 수도 있는 희망이다 .

Some of them will connect hope with the future.

In these times plastered with despair, it is but a tiny hope maybe simply the hope that their heartbeats sound on.

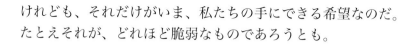

けれども、それだけがいま、私たちの手にできる希望なのだ。
たとえそれが、どれほど脆弱なものであろうとも。

그러나 그것만이 지금 우리가 손에 넣을 수 있는 희망인 것이다 .
비록 그것이 얼마나 취약한 것일지라도 .

But that is our only hope now.
However fragile it may be.

当初、私はあなたの求めに応じて、2011年春以来、東京電力・福島第一原発事故をモチーフに制作してきた連作掌篇小説から1篇を提供しようと思った。しかしながら、私の日本語原文を英語に翻訳することの困難から、今回、それは断念する。

　そこで、2011年3月11日の後に私が上梓した最初の本『原子野のバッハ——被曝地・東京の三三〇日』の巻頭に置いた序詞を以て、その小説作品に代えたい。

　처음에 나는 당신의 요구에 응하고 2011년 봄 이후 도쿄 전력 후쿠시마 제1원전 사고를 모티브로 써 온 연작 단편 소설에서 한 편을 제공하려고 했다. 하지만 나의 일본어 원문을 영어로 번역하는 어려움에서 이번은 그것을 어쩔수 없이 포기한다.

　그래서 2011년 3월 11일 이후에 내가 출판한 첫 번째 책 『원자야(原子野)의 바흐——피폭지・도쿄의 330일』의 권두에 둔 서사로 그 소설 작품에 가름하고자 한다.

　At first, in response to your request, I thought I would offer one of a series of short stories I have been writing since the spring of 2011 on the motif of the accident at the TEPCO Fukushima nuclear plant No.1. However I abandoned that plan because of the difficulty involved in translating the original Japanese into English.

　Therefore I would like to substitute the prologue of my first book published after March 11, 2011, titled "Bach in the Atomic Field——330 Days in Tokyo, Site of Radiation Exposure ".

私は記した。
「偽りの希望を棄てよ」——と。

나는 적었다 .
'거짓된 희망을 버려라' ——라고 .

I wrote, "Abandon hope of fake."

II
偽りの「希望」を棄てよ
——『原子野のバッハ』序詞——
(2011 年)

朝鮮語訳／稲葉真以

朝鮮語訳校閲／徐勝　洪成潭

偽りの「希望」を棄てよ。

거짓된 ‘희망’ 을 버려라 .

Abandon "hope" of fake.

真の「希望」とは、あくまで、冷静な「絶望」に耐えつづけること。
　この世の終わりの後の日本で、いま携えるべきは、あの者たちへの怒りと、滅ぼされ、二度と還り来ぬ世界への愛惜のみ。

　참된 '희망' 이란 어디까지나 냉정한 '절망' 에 견디어 나가는 일 .
　이 세상의 종말 이후의 일본에서 지금 지녀야 할 것은 저 놈들에 대한 분노와 , 멸망당해 두 번 다시 돌아오지 않는 세계에 대한 애석함만 .

　The true "hope" is to continue enduring calm "hopelessness" until the end.
　In Japan after the end of the world, the only things we should take are the anger against those people and the sorrow of parting from the world annihilated, never to return.

私たちが、いまなお生き、語らっていることは、紛れもない最大級
の奇蹟である。
　私たち一人一人が生まれてきたことにも、等しいほどの。

　우리가 지금도 살고 이야기를 나누고 있는 것은 틀림없는 가장
귀중한 기적이다 .
　우리 하나 하나가 태어난 것과 비길만한 .

　It is a miracle of the highest order that today we are still alive and
talking to each other;
　As much a miracle as the fact that each of us has been born.

私は刻印したい。
冷静な絶望の言葉を。

나는 각인하고 싶다 .
냉정한 절망의 말을 .

I want to carve the words.
The words of calm hopelessness.

すでに「取り返しのつかぬ今」を、もはや「取り返しのつかぬまま」
見据えながら、それでもなお、あの愚者たちにだけは、殺されないた
めに――。

이미 '돌이킬 수 없는 지금' 을더 이상 '돌이킬 수 없는 채'
응시하면서 , 그래도 저 바보들에게만은 살해당하지 않도록―― .

Focusing the now, when there is no recovery,
On the impossibility of recovery, ever,
Still, at least, to prevent us from being murdered by those fools―

真の「希望」とは、
果てしない「絶望」を見据えながら、諦めないこと。
本来、人が生き得ない世界で、なお、人として生きようと願いつづけること——。

참된 '희망' 이란
끝없는 '절망' 을 응시하면서 포기하지 않는 것 .
원래 사람이 살 수 없는 세계에서 , 그래도 사람으로 서 살고 자 바라는 것—— .

The true "hope" is to never give up,
While focusing on the everlasting "hopelessness".
It is to continue to wish, as a human being trying to live in a world where human beings cannot live.

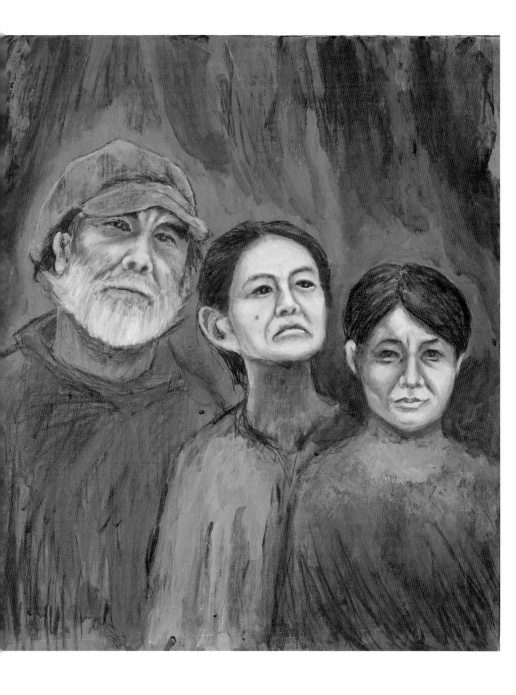

最初から敗れ、人として終わっている者たちを恐れるな。
最後まで「連帯」はある。私たちの側に。

시작부터 패배해버린 사람들을 두려워하지 마라 .
끝까지 '연대' 는 있다 . 우리 편에 .

Do not be afraid of those who are defeated from the beginning, those
who are finished as human beings.
Solidarity is here, on our side, until the end.

III
放射能とウイルス禍の日本についての 25 章
(2021 年)

朝鮮語訳／金鏡仁
英訳／古川ちかし　Thomas Brook

76年前、天皇の命令のもと「本土決戦」で唯唯諾諾と死んでいた
はずだった従順な「大日本帝国臣民」は、その帝国主義戦争の最終局
面で、当の天皇の「玉音放送」により〝救命〟された。

　76년 전, '일본본토(本土)결전'이라는 천황의 명령을
순순히 받들다 그대로 죽을 운명에 처했던 순종적인 '대일본제국의
신민'은, 제국주의 전쟁의 마지막 순간에 '본토결전'을 명했던
바로 그 천황의 '옥음(玉音)방송'으로 목숨을 구할 수 있었다.

　Seventy-six years ago, "the subjects of the Great Empire of Japan",
who were supposed to fight and die obediently at the final battle on
Japanese soil as the emperor ordered them to do so, were saved by the
same emperor's "Jewel Voice Broadcast" in the very last phase of the
imperialistic war.

そこから始まった「戦後」の果て、チェルノブイリを上回る人類史上最悪の原発事故に続き、依然として魂の麻痺した永遠の受動性に微睡む日本国大衆に、いま新型コロナ・ウイルス（SARS-CoV-2）の惨禍が、とどめのように訪れようとしている。

このまま、多くの日本大衆は政府に服従し、弱い者から黙黙と死んでゆく状況の到来する危惧が高まる。日本に生きざるを得ないにもかかわらず、政治的権利を奪われた人びとをも巻き添えにして——。

그로부터 시작된 '전후 (戰後)' 의 끝 , 체르노빌을 능가하는 인류역사상 최악의 원전사고에 뒤이어 , 영혼이 마비된 영원한 수동성에 여전히 도취해있는 일본의 대중들을 , 신형 코로나바이러스 (코로나 -19) 의 참화가 마지막 일격이라도 가하려는 듯 공격해오고 있다 .

이대로 다수의 일본대중은 정부에 복종하며 약자들부터 말없이 차례차례 죽어가는 상황이 도래할 우려가 높다 . 일본에 살 수 밖에 없음에도 정치적 권리를 박탈당한 사람들까지 연루되어 .....

Post-war Japan, thus commenced, brought about the world's worst nuclear disaster exceeding that of Chernobyl. And, now, a virus (SARS-CoV-2) crisis is here to deliver the coup de grace to the Japanese people still muddling in a perpetual state of paralyzed passivity.

Without intervention, I am afraid that many Japanese will keep obeying the government until they all die silently, the weakest first, taking along with them those who are compelled to live in Japan but deprived of any political rights.

かねて私は東京電力・福島第一原発事故を〝ポツダム宣言なき 1945年〟と定義してきた。

　アジア侵略の非道の末、1945年夏の日本は、それでも「ポツダム宣言」を受諾し「無条件降服」することで、直接の戦闘状態は終結した。

　だがいま日本を呑み込む東京電力・福島第1原発事故と新型コロナ・ウイルスとは「ポツダム宣言」すらない破局である。

　전부터 나는 도쿄전력후쿠시마제 1 원전사고를 '포츠담선언 없는 1945 년'이라고 정의하였다.

　아시아침략이라는 비도 (非道) 의 끝 , 1945 년 여름의 일본은 , 그나마 '포츠담선언'을 수락하며 '무조건항복'을 함으로써 실질적 전투상황은 종결되었다 .

　하지만 지금의 일본을 집어삼킨 도쿄전력후쿠시마제 1 원전사고와 코로나 –19 는 , 그야말로 '포츠담선언' 조차 없는 파국이다 .

　I have previously referred to the nuclear disaster at the Tokyo Electric Company's Fukushima Daiichi Nuclear Power Plant as "1945 without a Potsdam Declaration".

　The Japanese immoral invasions of Asia and the state of war ended when Japan accepted the Potsdam Declaration and "surrendered unconditionally" in the summer of 1945.

　There is no Potsdam Declaration that can end the ongoing catastrophe caused by the nuclear disaster at TEPCO's Fukushima Daiichi Power Plant and the novel corona virus today.

心ならずもこの忌まわしい国に生まれ、私自身、人生で、これほど「終末」「破滅」を身近に感じたことは、これまでに、ない。

なんとしても滅びるよりほかないのか？　この異様な国は——。

내 의지와는 무관하게 이 꺼림칙한 나라에 태어나, 인생에서 지금처럼 '종말'이니 '파멸'이니 하는 것을 피부로 실감한 적은 없었다.

정녕 파멸 아닌 다른 길은 없다는 말인가? 이 이상한 나라는—— .

I, who was born in this abominable country of no intention of my own, have never, in my life, felt such "destruction" and "termination" so close to myself.

Is this strange country doomed to perish?

むろん、新型コロナ・ウイルスは地球的規模の脅威にほかならない。しかし日本の特異性は、世界で唯一、この国では政治が人びとを殺す方向でしか動いていないことなのだ。

　他国においては、政治的努力がウイルスを懸命に押し返し、活路を見出そうとしている。

　だが、ただ日本だけは、この国を支配し続けてきた積年の悪辣な政府により、単に無能無策というだけでは済まない、「棄民」どころか、むしろ進んで人びとを殺戮しようとする倒錯した欲望を、もはや隠そうとすらしていないかに思われる。

　물론 코로나-19 는 지구적 규모의 위협임에 분명하다 . 하지만 일본의 특이성은 , 세계에서 유일하게 , 이 나라의 정치가 사람들을 죽이는 방향으로만 움직이고 있다는 사실이다 .

　다른 나라에서는 정치적 노력이 바이러스를 열심히 물리치고 활로를 찾으려 애쓰고 있다 .

　그런데 일본만큼은 장기간 나라를 지배해온 악랄한 정부에 의해 , 무능무책 (無能無策) 이라는 말로는 표현이 부족한 , '기민 (棄民)' 은커녕 차라리 사람들을 살육하려고 하는 도착 (倒錯) 의 욕망을 이제는 아예 감추려고도 하지 않는 것 같다 .

　The novel coronavirus is obviously threatening the whole world. What makes Japan stand out is the fact that its government only works in the direction of sacrificing its people's lives.

　Governments in other countries are trying hard to push back the virus and somehow find a way to save people's lives.

　The Japanese government, vicious as it always has been in dominating this country for such a long time, is not just incompetent and tactless in its fight against the pandemic but, rather, seems to be almost unable to conceal its perverted desire to not simply abandon but even slaughter its own people.

政府に最低限の分別さえあればいくらでも防げたものを、あたら放射性物質を国土と北太平洋全域に拡散させ、人びとの PCR 検査をも阻んで、いまやウイルスを国土の隅ずみまで蔓延させた国。

　生涯に一瞬たりとも真に人間として地上に存在したこともない、無知で愚鈍な閣僚どもが国家を横領し、回復不可能な破局をさらに隠蔽しつづける国──。

　정부가 최소한의 분별력만 가지고 있었어도 얼마든지 예방할 수 있었을 것을, 결국 방사성물질을 일본열도와 북태평양 전역으로 확산시킨 나라. 사람들의 PCR 검사마저 저지함으로써 이제 바이러스를 일본 구석구석에까지 만연시킨 나라.

　평생에 단 한 순간도 인간으로서 지상에 존재한 적이 없는, 무지하고 우둔한 각료들이 국가를 횡령하고, 회복 불가능한 파국을 여전히 은폐하고 있는 나라── .

　They did not respond to the nuclear disaster in a responsible and sensible way.

　They did not try to mitigate the damage. Instead, they diffused radioactive materials all over Japan and throughout the North Pacific Ocean. Now they refuse to make PCR tests easily accessible to the people and they choose to spread the virus to every corner of the country.

　The ignorant, fatuous cabinet ministers who have never, even for a moment, lived in this world as true human beings embezzle the state and keep concealing this irrecoverable catastrophe.

98

日本には、およそ「真実」というものが何もない。
なぜ、昔も今も、世界の中でかくも欺瞞に満ちた国なのか。

일본에는 대저 '진실'이라는 것이 하나도 없다 .
왜 일본은 예나 지금이나 세계에서 이토록 기만으로 가득 찬
나라인가 ?

There is no such thing as "truth" in Japan.
It has always been and still is filled with lies and deception.

東京電力・福島第１原発事故の直接の「主犯」は安倍晋三である。

第１次政権時の2006年12月、安倍が首相としての国会答弁で、地震と津波に対する原発の予備電源の必要性を否定した、その４年３箇月のち――果たして福島第１原発は、危惧された通り、冷却機能喪失によるメルトダウンをきたした。

도쿄전력후쿠시마제１원전사고의 직접적인 '주범' 은 아베신조 (安倍晋三) 이다.

제１차 정권 당시인 2006년 12월, 아베가 수상의 자격으로 국회답변을 했을 때, 지진과 쓰나미에 대한 원전의 예비전원 필요성을 부정하였다. 그로부터 ４년 ３개월 후, 과연 후쿠시마제１원전은 우려했던 대로 냉각기능상실로 인해 멜트다운을 일으키고 말았다.

Abe Shinzo is the "principal offender" responsible for the nuclear disaster at TEPCO's Fukushima Daiichi power plant.

In December, 2006, during his first term as prime minister, Abe refused to acknowledge the necessity of installing a backup power system in preparation for earthquakes and tsunamis. Four years and three months later, Fukushima Daiichi's reactors melted down due to the loss of the cooling systems as had been feared and warned.

しかもこの核破局を隠蔽するため、「原子力緊急事態宣言」下、世界を欺いて「2020年東京五輪」を招致し、その無謀な開催に固執した結果、安倍はウイルス禍に対しても何ひとつ真っ当な防疫策を講ずることをせずにきた。

私が、これを〝殺人五輪〟と呼ぶ所以である。

뿐만 아니라 이 핵의 파국을 은폐하기 위해, '원자력긴급사태선언'이라는 위험한 상황에서 세계를 기만한 끝에 '2020년 도쿄올림픽'을 유치, 그 무모한 개최에 집착한 결과 아베는 바이러스참화에 대해서도 제대로 된 방역책 하나 강구하지 못하였다.

내가 이것을 '살인올림픽'이라고 부르는 이유다.

Abe attempted to suppress awareness of this nuclear catastrophe by bidding to host the 2020 Olympic Games in Tokyo which was and still is under a "Nuclear Emergency Declaration". As with the nuclear crisis, he failed to take any decent preventive measures against the virus crisis because he feared such measures may affect his Olympics plan.

This is why I call the 2020 Tokyo Olympics the "Murder Olympics".

嘘を嘘で塗り固め、一国の為政者として二度も、かかる「世界大戦」級の危機をもたらした独裁者・安倍晋三。
　この男が、Ａ級戦犯容疑者にして、60年安保では自衛隊を出動させ人びとを抑圧しようと企てた首相・岸信介の孫であることにも明らかなとおり、日本の支配構造は「戦後」もなんら変わっていない。

　거짓을 거짓으로 덧칠하고 , 한 나라의 위정자로서 두 번이나 저 '세계대전' 급 위기를 초래한 독재자 , 아베 신조 .
　이 남자가 Ａ급 전범용의자이자 , 1960 년 미일안보조약 개정을 반대하며 분연히 일어선 사람들을 자위대를 출동시켜 진압하려 했던 당시의 수상 기시 노부스케 (岸信介) 의 손자라는 사실에서도 분명히 알 수 있듯이 , 일본의 지배구조는 '전후' 에도 그 어느 것 하나 변하지 않았다 .

　Abe Shinzo, a compulsive liar and a prime minister who brought about not just one but two crises of "world-war scale" is nothing but a dictator.
　He is the grandson of Kishi Nobusuke, a class-A war criminal suspect at the Tokyo War Crimes Tribunal in 1946 who later became the prime minister of Japan and tried to crush the people who opposed to the Japan-US Security Treaty in 1960 by deploying the Self-Defense Forces. What this clearly shows is that even in the "post-war era", the power and domination structure of Japan did not change at all.

なればこそ、この国で現在の危機の実態が糾明されることは、自民党政権の続く限りないだろう。
　全東アジア、さらには北半球の東半分を脅威に晒している核破局も、夥しい人命を平然と損なうウイルス禍も。
　取り返しのつかぬ罪科に対する、取りようのない責任を雲散霧消させることは、昭和天皇の戦争責任に始まり、この国の支配層の常套手段なのだから。

　그러기에 더더욱 이 나라에서 현재의 위기사태가 규명될 일은, 자민당 정권이 계속되는 한 없을 것이다.
　동아시아 전역은 물론이고 북반구의 동쪽 절반을 위협하고 있는 핵 (核) 파국도, 엄청난 인명을 순식간에 앗아가는 바이러스참화도.
　돌이킬 수 없는 죄악에 대한 갚을 길 없는 책임을 티끌만큼도 지지 않고 없애는 것은, 쇼와 (昭和) 천황의 전쟁책임을 비롯해 이 나라 지배층의 상투적인 수단이므로.

The nuclear crisis exposing the whole of East Asia and the east half of the northern hemisphere to radioactive contamination, and the virus crisis mercilessly taking numerous lives...

It is quite unlikely that the actual states of these crises get properly investigated in this country so long as the Liberal Democratic Party stays in power.

After all, the favorite trick of the ruling class of this country is to consider responsibility for irreparable crimes untakable and to pretend the crimes were never committed in the first place, the primary example being the denial of the war crimes of the Showa emperor.

それにしても日本における新型コロナ・ウイルスの感染拡大と、東京電力・福島第一原発事故の被曝拡散とは、なんと明白な相似性を示していることか。

さらにフクシマの事態は、広島・長崎への原爆投下をもたらした悪を、その後も現在にいたるまで、日米の共犯関係において封印してきた歴史の直接の延長上にある。

여하튼 일본에서의 코로나-19 감염확대와 도쿄전력후쿠시마제1원전사고의 피폭확산은 그야말로 명백한 유사성을 보여주고 있다.

더욱이 후쿠시마사태는, 히로시마와 나가사키에의 원폭투하를 초래했던 악(惡)을 그 후로도 현재에 이르기까지 미일(美日)이라는 공범관계 안에서 봉인해온 역사의 직접적인 연장선상에 있다.

There is a striking similarity between the spread of the novel coronavirus infection and the spread of radiation in Japan.

Fukushima is another chapter in the long history of heinous acts being covered up in the name of the Japan-US partnership, a direct extension of the treachery that concealed the evil that dropped atomic bombs on Hiroshima and Nagasaki both in the immediate post-war years and onwards into the present.

すなわち現在の日本の惨状は、取りも直さず日本人が天皇制と戦争責任の問題を等閑に付してきた欺瞞の必然の帰結なのだ。
　そしてこれは、台湾や韓国がウイルス禍に示している見事な対応との天と地ほどの隔絶とも、実は完全に符合している。

　즉 현재 일본이 처한 참상은 , 다름 아닌 일본인이 천황제와 전쟁책임 문제를 등한시해온 기만의 필연적 결과인 것이다 .
　그리고 이는 대만이나 한국의 코로나 -19 위기에 대한 훌륭한 대응과의 하늘과 땅 만큼의 차이와도 , 사실은 완전히 부합한다 .

　The miserable state of Japan today is an inevitable consequence of deception and neglect on the part of the Japanese people about the emperor system and the question of culpability for the war.
　It is not a coincidence that Japan is failing to get over the virus crisis while Taiwan and South Korea are doing so well.

それでは、いま日本に、絶望と悲嘆の声が渦巻いているか？

否。むしろ琉球弧を含むこの列島を支配しているのは、饐えた諦念に涵(ひた)された鈍重な沈黙のようだ。

本来「主権者」であるはずの日本国大衆は、にもかかわらず、〝与えられた〟選挙権を行使することさえしないまま、日夜、テレビから流される低劣な娯楽にうつつを抜かしている。

그렇다면 지금 일본에 절망과 비탄의 목소리가 들끓고 있는가?

아니다. 오히려 류큐열도(오키나와일대)를 포함한 이 일본열도를 지배하고 있는 것은 썩어빠진 체념에 젖어 굼뜬 침묵 같다.

모름지기 '주권자' 여야 할 일본의 대중들은, 그럼에도 불구하고 '부여받은' 선거권을 행사하는 것마저도 방기한 채 밤낮 없이 텔레비전에서 흘러나오는 저급한 오락에 넋을 잃고 있다.

Do I hear voices of grief and despair filling every corner of the Japanese islands?

No. What fills this archipelago including the Ryukyu arc seems to be an impotent silence soaked in a foul-smelling resignation.

The Japanese people with whom the sovereignty is supposed to reside do not so much as exercise their "given" right to vote but stay infatuated with vulgar entertainment on TV day and night.

その一方、東京電力・福島第1原発事故の放射能「除染土」が農地に「再利用」され、「汚染牧草」はわざわざ家畜の餌に鋤き込まれようとしていることを、大半の日本人は知らない。

　この愚劣な情報のインフレーションのただなかで。

　또 한편에서는 도쿄전력 후쿠시마제1원전사고의 방사능 '제염토(除染土)'가 농지에 그대로 '재이용'되고, '오염목초'를 고의로 가축먹이에 끼워넣으려 한다는 것을 대부분의 일본인은 모른다.

　이 어리석은 정보의 인플레이션 속에서.

In the meantime, they do not know that the contaminated so-called "decontaminated soil" that is removed from Fukushima is then being "reused" as farm soil, or that "contaminated herbage" is being prepared to be mixed into livestock feed and fed to domestic animals.

People do not know these things amid the stupid inflation of information today.

いかにも、日本より貧しく困難な国、差別と抑圧が直ちに命を脅かしかねない国は幾つも存在する。

だがいま地上に、日本ほど無様で愚かしい、そこに帰属せざるを得ないことが人として最悪の屈辱にほかならぬ国は、他のどこにもあるまい。

과연 일본보다 훨씬 가난하고 곤란한 처지의 나라, 차별과 억압이 자칫하면 목숨을 위협할지도 모르는 나라는 얼마든지 존재한다.

그러나 지금 지구상에 일본만큼 추하고 어리석은, 그곳에 귀속할 수밖에 없다는 사실이 사람으로서 최악의 굴욕일 수밖에 없는 나라는, 다른 어디에도 없을 것이다.

There certainly are countries poorer and more troubled than Japan where human lives are clearly threatened through harsh discrimination and suppression.

But I just cannot think of any country so pathetic and stupid as Japan that the fact of having to belong to it brings one nothing but the greatest disgrace and humiliation.

これが、ほんとうに現代の出来事なのか？

暗愚な封建君主が領民の生殺与奪の権を握っていた、中世荘園か。

もはや世界でただ一国、日本だけが人類史を逸脱し、別の天体に放逐されているかのようだ。

이것이 과연 21 세기에 일어날 수 있는 일인가 ?

어리석은 봉건군주가 백성의 생살여탈의 권력을 쥐고 있던 중세의 장원 (莊園) 인가 ?

마치 세계에서 오직 한 나라 , 일본만이 인류역사에서 벗어나 다른 천체로 추방된 것만 같다 .

How can this happen today?

Is this a medieval manor where a foolish feudal lord has hold of the ultimate power of life and death over the people?

It seems as if Japan has transgressed the boundaries of human history and has been expelled to another planet.

心ある少数者がどんなに声を上げても、「戦後最悪」の安倍晋三政権を放置、もしくは消極的ないし積極的に加担してきた日本国大衆の腫れぼったい思考停止の前に、それは無力だった。

　このままでは私たちは、史上初めて〝民主的に人権を抛棄した〟愚民となるだろう。1933 年の「国際連盟脱退」どころではない。13 世紀初頭の「マグナカルタ」以来、自由・平等・人権を希求してきた 800 年以上に及ぶ「人類史」そのものから、私たちはついに脱退するのだ。

　양심 있는 소수의 사람들이 아무리 목소릴 높여 외쳐도 , '전후 최악' 의 아베 신조 정권을 방치하고 혹은 소극적 내지 적극적으로 가담해온 일본 대중들의 부석부석한 사고정지 앞에서 그것은 무력했다 .

　이대로 가다가는 우리는 역사상 최초로 '민주적으로 인권을 포기한' 우민 (愚民) 이 될 것이다 . 1933 년의 '국제연맹탈퇴' 와는 차원이 다르다 . 13 세기 초의 '대헌장' 이래 , 자유와 평등 그리고 인권을 희구해온 800 년 이상에 달하는 '인류역사' 그 자체에서 우리는 마침내 탈퇴하는 것이다 .

A few decent people raised their voices, but they did not reach the frozen and swollen brains of the Japanese populace who neglected and thus actively or passively supported Abe Shinzo's administration, the "worst administration in the post-war era".

We will be the first foolish people in the history of humankind who "discarded human rights through democratic processes" unless we stop this process now. Secession from the League of Nations in 1933 was nothing compared to this. We are talking about a secession from more than 800 years of "human history" of seeking liberty, equality and human rights ever since the Magna Carta of the early 13th century.

もはや、私たちに残された最後の役割は「愚民国家」の滅亡の事例研究の素材となることか。

　世界が、現下のウイルス禍をも、とりあえず〝克服〟し得るとして。

　이제 우리에게 남은 마지막 역할은 '우민국가'의 멸망에 관한 사례연구의 한낱 소재 (素材) 가 되는 것 뿐인가 .

　세계가 , 현재 직면하고 있는 바이러스 참화도 일단 극복할 수 있다는 전제 하에 말이지만 .

　Is the only meaningful role left for us to play that of providing a case study on how a foolish country allows itself to disintegrate?

　That is if the world is somehow able to "overcome" the current virus crisis.

今後、たとえ新型コロナ・ウイルスに有効な治療法が開発されたと
しても、世界のなかで、ただ日本政府だけは言を左右にしてそれを民
に使用させることに制限を設けるのではないか――。そんな疑念を抱
くことすら何ら荒唐無稽でも杞憂でもない理由が、とりわけ東京電力・
福島第1原発事故以来10年のこの国の、異様な、倒錯した「棄民」
状況のなかには、ある。
　また少なくとも日本における限り、ワクチンをめぐる懸念とされる
ものは、人命を企業利益より下位に置いてきた「薬害」の歴史とも無
関係ではない。どんな時にも、この国で優先されるのは支配層の権益
である。

　앞으로 가령 코로나-19에 유효한 치료법이 개발된다고 하더라도,
세계에서 유일하게 일본만이 말을 이러니저러니 바꿔가며 그것을
사람들에게 사용하는 데 있어 제한을 두지 않을까? 그런 의문을
갖는 것이 전혀 황당무개하지도 않고 기우도 아닌 이유가, 특히
도쿄전력후쿠시마제1원전사고 이후 10년 동안 자행되어온 이
나라의 이상한, 도착적인 '기민(棄民)'의 상황 안에는 존재한다.
　또 한 가지, 적어도 일본에 한해서 제기될 수 있는 백신을
둘러싼 우려는, 사람의 목숨을 기업의 이익보다 하위에 두는
'약해(藥害)'의 역사와도 무관하지 않다. 어느 때든 이 나라에서
우선시되는 것은 지배층의 권익이다.

Even if the world comes up with an effective cure for this novel virus
infection, would it be too wild an imagination to suppose that the
Japanese government will restrict the use of the cure on one pretext or
another? This is not a ridiculous, groundless doubt. Abundant evidence
exists in the strange, distorted way this country has abandoned its
people in the last ten years since TEPCO's Fukushima Daiichi nuclear
power plant accident.

Concern over vaccines and their administration has a lot to do, at
least in Japan, with the country's history of putting corporate profits
above human lives in dealing with "drug-induced health disasters". In
this country, the interests of the ruling class are always prioritized.

当初から国内外に、このウイルス禍を〝文明論〟風に語りたがる傾きが目につく（ただし、少なからぬそれらの「政治社会学」的視点を捨象した手つきに、私は疑念を持つが——）。

当然、思想に包括力は不可欠だ。とはいえ、個別の固有性を離れて、人が真の普遍性に達することも、またあり得ない。

わけても日本人においては、いかなる問題にせよ、まず果たさねばならぬ自己検証をいきなり抛擲（ほうてき）しての、脱政治化された超歴史的観照の類いが成立するはずなど、ないのだ。

애초부터 일본 국내외에서 이번 바이러스 참화를 '문명론' 풍으로 논하고 싶어하는 경향이 보인다 (단 , 적잖이 '정치사회학' 적 관점을 배제한 이들의 행태에 나는 의구심을 떨칠 수 없지만——) .

물론 사상 (思想) 에는 포괄하는 힘이 필수다 . 그렇다고 개개의 고유성을 벗어나서 사람이 참된 보편성에 도달하는 것 또한 있을 수 없다 .

특히 일본인의 경우에는 , 어떤 문제가 됐든 우선 해결해야 할 자기검증을 돌연 팽개친 채 탈정치화된 초역사적 관조 (觀照) 따위가 성립할 리는 없을 것이다 .

Since the beginning of the pandemic, there has been no shortage of people, both in and outside of Japan, who seem to want to frame it entirely in terms of "civilizational development". Such narratives, which treat political and societal factors as insignificant, leave much to be desired.

A frame of thought certainly needs to be comprehensive. It is also certain, though, that any attempt to derive a universal truth while neglecting the specificity of individual phenomena is destined to fail.

Depoliticized, meta-historical narratives on whatever issue made especially by the Japanese, in which we have abandoned our basic duty of first examining ourselves, simply cannot be substantiated.

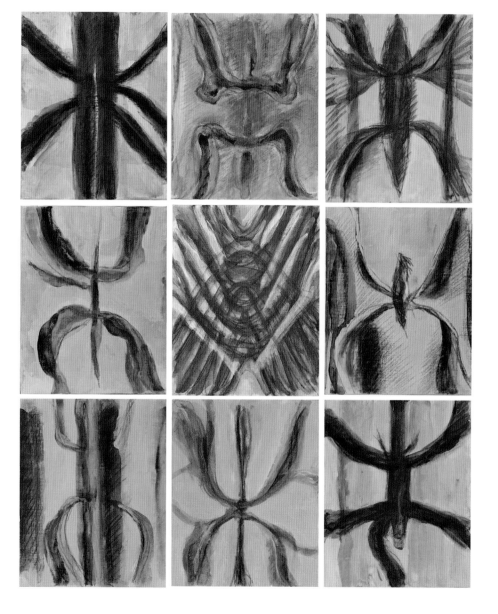

何より暗然とさせられるのは、天皇制を含む最暗黒の「事実」を真に率直に語る「作家」もしくは職業的「表現者」が、現在、この国の制度圏にはいないということだ。

　かつて竹内好も示唆した、「日本文学」が――ないしは日本の「藝術」が、いかに根本的に紛い物であるかの証である。

　そして当たり前の事実を語ろうとする者は、あらかじめ徹底して制度から排除されている。

　무엇보다 착잡하고 암울한 것은 , 천황제를 포함한 참으로 암담한 '사실'을 진실로 솔직하게 말하는 '작가' 혹은 직업적 '표현자'가 현재 이 나라의 제도권에는 없다는 사실이다 .

　옛날 다케우치 요시미 (竹内好) 가 시사했던 , '일본문학' 혹은 일본의 '예술'이 얼마나 근본적으로 가짜인가에 대한 증거이다 .

　그리고 당연한 사실을 이야기하려는 이들은 미리 철저하게 제도 밖으로 배제되었다 .

　The greatest dejection comes from the fact that so few "writers" or professional "persons of expression" within the boundaries of this country today speak frankly about the darkest "truths", including those pertaining to the emperor system.

　This indicates that, indeed, as Takeuchi Yoshimi once suggested, "Japanese literature" or "art" in Japan is basically fake.

　Those who try to speak the truth are excluded thoroughly from the system in advance.

もはや、ここには、いかなる理性も分別もない。
ひたすら鈍重な欺瞞と錯乱を極めた、この〝擬似人間〟の死の国よ。
死の国──日本よ。

더이상 여기에는 그 어떤 이성도 분별도 없다 .
　오로지 둔중한 기만과 더할 수 없는 착란의 , 이 '유사인간' 의
죽음의 나라여 .
　죽음의 나라 , 일본이여 .

There is no longer any reasoning or prudence here.
This is a country of death inhabited by pseudo-humans committed
to deception and derangement.
Japan—a country of death.

いまウイルスと放射能の列島で、命の唯一性は冒瀆されきっている。
私たちは、そもそもが全て死者だったのか。
だから、人間としての魂が死んでいるのか。
あの 1945 年 8 月から、ずっと──。

지금 바이러스와 방사능의 열도에서 , 생명의 유일성은 모독당하고
있다 .
우리는 애초에 모두 죽은 자였던가 ?
그래서 인간다움의 영혼이 죽어있는 것인가 ?
저 1945 년 8 월부터 , 줄곧── .

In this archipelago filled with radiation and virus, the irreplaceability
of life has been violated to the utmost limit.
Were we all dead to begin with?
Is that why our souls as human beings moribund?
Ever since that August of 1945?

最後にもう一度、私は、問う。
日本。この死の国からも、なお語られ得る「希望」はあるか、と。
あなたがたに。
あなたに———。

마지막으로 한 번 더 , 나는 , 묻는다 .
일본 . 이 죽음의 나라에도 , 아직 이야기할 수 있는 '희망' 은
있는가 , 라고 .
그대들에게 .
그대에게 .

I ask once more in closing.
Even from this country of death, Japan, is there still "hope" of which
we can speak?
I ask all of you.
I ask you.

図版一覧

〈A〉53cm×45.5cm ／キャンバスに木炭・アクリル。
〈B〉53cm×45.5cm ／キャンバスに木炭・アクリル・オイルパステル。
〈C〉53cm×45.5cm ／キャンバスに木炭・アクリル・パステル・オイルパステル。

関連図版
（旧作から）

Fig.1

Fig.2

Fig.3

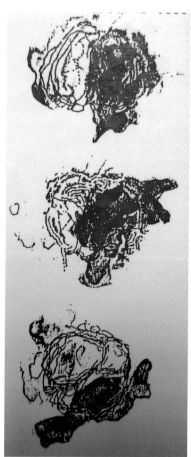

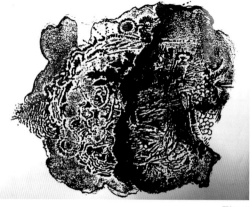

Fig.4

Fig.5

Fig.6

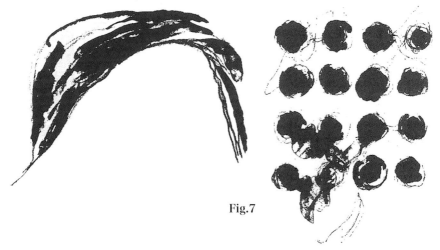

Fig.7

Fig.8

Fig.1……山口泉／「宇宙紐の出た夏 II」（1981 年／版画用紙にシルクスクリーン、12.5cm×10cm）

Fig.2……山口泉／「『吹雪の星の子どもたち』のために I」（1982 年／紙にペン、13cm×10cm）

Fig.3……山口泉／「蜂」（1986 年／腐蝕銅版画、7.5cm×7cm）

Fig.4……山口泉／「無題」（1986 年／紙にペン・水彩、14.5cm×17.5cm）

Fig.5……山口泉／「無題」（1986 年／紙にペン・水彩、23.5cm×10cm）

Fig.6……山口泉／季刊『批判精神』連載「オーロラ年代記」第 1 回・挿画（1999 年／紙にペン・鉛筆・水溶性色鉛筆、11.3cm×16.5cm）

Fig.7……山口泉／季刊『批判精神』第 5 号・扉（2000 年／紙にペン・鉛筆・水溶性色鉛筆、16.5cm×11.3cm）

Fig.8……山口泉／季刊『批判精神』第 7 号・扉（2001 年／紙にペン・鉛筆・水溶性色鉛筆、11.3cm×16.5cm）

制作ノート

——よしんば受信者のいない救助信号であろうとも

　2011年「3・11」の大破局が起こった翌2012年の晩秋、縁あって私は、ドイツ・ドルトムント在住のイラン人編集者マンスーレー・ラーナマ（Mansoureh Rahnama）さんから、彼女が企画した〝東京電力・福島第1原発事故をめぐる国際アンソロジー〟への参加を求められた。

　その依頼を受け、くだんの事故からやがて2年を閲（けみ）しようとする冬に——翌春の東京から沖縄への移住を控えて書き上げたのが、本書のⅠ「死の国からも、なお、語られ得る『希望』はあるか？」全24章である。末尾に付した、本書でいうとⅡを構成する『原子野のバッハ』「序詞」全7連は、すでに福島第1原発事故1周年を期して上梓した私の『原子野のバッハ——被曝地・東京の三三〇日』（2012年3月／勉誠出版刊）の巻頭に掲げた作品だった。

　このときドルトムントへは、編集者の要請に応じ、上記2篇の私自身による英訳も添付している。英語を母語とする篤志の協力者の確認も経て成立したそれは、本書ⅠとⅡの英文テキストとなった。

　ところで、結果的に世界15箇国・13言語・42名の文学者・美術家らが参加したこのアンソロジー『フクシマについてのポスター、文章、詩』（2013年夏／Kettler刊）は全ページ、テキストと「イラスト」が見開きとなる構成で、私の文章の反対側にも1ページごとに台湾・ドイツ・日本・イランの画家の作品が配されていた。当然のことながら、それらはもちろん個個の美術家の独立した営為である。爾来、私はいつか私自身の絵画を自らのテキストと並べた「画文集」を作りたいとの思いを抱懐することとなった。

　その後、2013年早春、38年にわたって暮らした東京から沖縄に移住して以降、現在に至る歳月は、沖縄社会そのものに内在する諸問題も含め、重層的な〝悪戦苦闘〟と呼ぶべき以外の何物でもない。そうするうち、沖縄を拠点に日本と台湾、韓国を往き来しながら、私の内部では、いよいよ前記の絵画表現への欲求が生成されつつあった。まさしく「生き地獄」そのものの日本——この魂の滅んだ国の底知れぬ惨状を、従来の小説と批評のみならず、私自身の持てる手立てのすべてを動員して糾明しよう、と。

もとよりこの企図には、およそいかなる意味でも単純に心躍る〝表現意欲〟と
いったものなど、あるはずもない。むしろ、もはや日本国内で、日本語を用いて
伝え得ることは語り尽くしたとの深い疲労が重く蟠る、まさにその「重量」こそ
が、私をこの暗鬱な作業にかろうじて繋ぎ止めてきたと言えよう。

　幸い、一連の企画構想に関しては、いち早く日本国内の尖鋭なキュレーター、
また韓国や台湾の民衆美術運動関係者からも好意的な反応が寄せられた。それに
力を得て本書の刊行と作品展示、併せて講演・記者会見等を、国内外で連鎖的に
展開しようとしていた、その矢先に──このたびのウイルス禍が始まってしまっ
たのだった。

　命が身を捩るかの如き未曾有の閉塞感に満ちた 2020 年に関し、事改めての贅
言は費やすまい。

　今ここに至る、魂も窒息するような日日の中、地を這う思いで新たに書き下ろ
した 2 篇のテキストが、すなわち本書のⅢ「放射能とウイルス禍の日本につい
ての 25 章」と、このⅣ「制作ノート──よしんば受信者のいない救助信号であ
ろうとも」である。なおⅢの論攷は、2019 年 5 月から私が『週刊金曜日』に連
載中の同時代批評「肯わぬ者からの手紙」とも、極めて密接な関係にある。

　私が「作家」になりたいと考えたのは 12 歳の時だが、「画家」となる夢はそ
れ以前、物心ついて以来の願望として、あるにはあった。ただ大学進学の際、美
術学部を選んだのは、そこの試験科目が授業料の安い国立大学でも最も入りやす
く設定されていたのが何よりの理由である。

　それでも二十代から後、私は絵も描き、自著をはじめ、さまざまな出版物の装
画や装幀を手がけてもきた。しかしあえて言うなら、それらはことごとく「余技」
にすぎない。

　だが、一昨年からは違う。『死の国からも、なお、語られ得る「希望」はあるか？』
の総タイトルのもと、このかん生成してきた数十点のタブロー群は、私にとって
小説や批評と──いまだ完全に同じではないにせよ──それに匹敵する意味を持
つ「作品」にほかならないのだから。

　本書に収めたテキストの翻訳にあたっては、いずれも畏敬する先達、理念を共
にする盟友のお力添えを得ることが叶った。個別の詳細は各篇の扉に記したが、

朝鮮語訳を御担当いただいた光云（クァンウン）大学校副教授・稲葉真以さん（韓国美術研究）と校閲をいただいた又石（ウソク）大学校東アジア平和研究所長・徐勝（서승＝ソ・スン）さんおよび画家・洪成潭（홍성담＝ホン・ソンダム）さん、翻訳家・金鏡仁（김경인＝キム・ギョンイン）さん（文学博士＝近現代日本文学研究）、英訳をお引き受けいただいた台湾東亜歴史資源交流協会理事・古川ちかしさんと神戸大学大学院生（博士課程）トーマス・ブルック（Thomas Brook）さんに、厚く御礼申し上げる。

　そして、いよいよ困難の度を増す出版を担っていただいた、オーロラ自由アトリエ主宰者の遠藤京子さんにも。

　現下の状況にあって、これまでのところ、この連作の展示は、残念ながら昨年7月の釜山でのグループ展「脱核美術行動2020展」への画像データ出力による〝間接参加〟のみに留まる。今後も事態は予断を許さないが、同様の〝リモート展示〟をはじめ、いずれは実物のキャンバスを直接、御覧いただける、安全確実な方途を模索したい。

　私のささやかな企てが、放射能とウイルスのジェノサイド列島からの惨憺たる「救助信号」であるのは、少なくとも間違いあるまい。でき得ればそれが、現在の世界の苦しみの根源へと達することを、願ってやまない。

　　　2021年　春
　　　　日米二重植民地支配の地・沖縄にて

　　　　　　　　　　　　　　　　　　　　　　　　　　　山　口　　泉

［追記］
　この「制作ノート」脱稿後、畏友・洪成潭と、江尻潔さん・小林和子さんから、本書に文章をいただくことができた。金鏡仁さんが、洪成潭のテキスト拙訳の校閲のみならず、江尻・小林両氏の朝鮮語訳もお引き受けくださったことは感謝に堪えない。
　洪成潭の序文のタイトルから、私が想起したのは、1980年の光州「5・18」市民コミューンに立ち会い、その絵画的記録者となった彼の、記念碑的連作『五月版画』に描かれた情景である。本人に尋ねたところ、この文言は、詩人・金珖燮（김광섭＝キム・グァンソプ／1905年〜1977年）の名高い作品『저녁에（夕暮れに）』に由来することがわかった。金鏡仁さんによれば『저녁에』は〝20世紀後半の大韓民国に生きてきた人〟に広く知られた詩らしい。
　今回の文章にこうしたタイトルを付した洪成潭の思いに、深く感ずるところがある。

제작노트
──설령 수신자 없는 구조신호일지라도

2011년 <3.11>의 대참사가 발생한 이듬해인 2012년 늦가을, 우연한 인연으로 나는 독일 도르트문트에 거주하는 이란인 편집자 만슬레이 라나마 (Mansoureh Rahnama) 씨로부터, 그녀가 기획한 <도쿄전력후쿠시마제1원전사고를 둘러싼 국제앤솔로지>에의 참가를 부탁받았다.

그 의뢰를 받고, 원전사고가 발생한 지 이윽고 2년의 시간이 지나려 하던 그해 겨울 — 이듬해 봄으로 예정돼있던 도쿄에서 오키나와로의 이주를 앞두고 집필했던 것이 이 책의 Ⅰ에 해당하는「죽음의 나라에도 아직 이야기할 수 있는 희망은 있는가?」의 전 24장이다. 또 말미에 부친 본서의 Ⅱ를 구성하는『원자야 (原子野) 의 바흐』「서사」인 전 7연은, 이미 후쿠시마제1원전사고 1주년을 맞아 출판한 나의『원자야 (原子野) 의 바흐 — 피폭지 도쿄의 330일』(2012년 3월 / 벤세이 (勉誠) 출판)의 권두에 게재했던 작품이다.

이때 도르트문트에는 편집자의 요청에 따라 이상의 2편의 작품을 내가 직접 번역한 영어판으로 첨부하여 보냈다. 영어가 모국어인 한 독지가의 도움으로 영어를 검증받았던 그 원고는 이 책의 Ⅰ과 Ⅱ의 영문텍스트로 실리게 되었다.

어쨌든 결과적으로 세계 15개국, 13개 언어, 42명의 문학자와 미술가가 참가한 이 앤솔로지『후쿠시마에 대한 포스터, 문장, 시』(2013년 여름 /Kettler) 는 전체 페이지에 걸쳐 텍스트와 '일러스트'가 양쪽으로 펼쳐져 보이는 구성으로 되어 있어, 내 글의 반대쪽에도 각 페이지마다 대만, 독일, 일본, 이란의 화가들 작품이 배치되어 있었다. 당연한 말이지만 그 작품들은 물론 미술가 개개인의 독립된 작품이다. 그날 이후로 언젠가 내가 그린 그림을 내가 쓴 텍스트와 나란히 배열한 '화문집 (畵文集)'을 내고 싶다는 포부를 품게 되었다.

그리고 2013년의 이른 봄, 38년 동안 살아온 도쿄에서 오키나와로 이주한 뒤 오늘에 이르기까지의 세월은, 오키나와 사회 그 자체에 내재된 문제들과 더불어 중층적인 '악전고투'였다고밖에는 달리 표현할 길이 없는 것이었다. 그러는 동안 오키나와를 거점으로 일본과 대만 그리고 한국을 오가며 내 내면에서는 드디어 앞서 말한 회화표현에 대한 욕구가 기지개를 켜기 시작했다. 그야말로 '생지옥' 그 자체인 일본—영혼마저 죽은 이 나라의 바닥 모를 참상을 종래의 소설과 비평뿐만 아니라 내가 가질 수 있는 모든 수단을 동원하여 규명하자, 라고.

애당초 이 기획에는 그 어떤 의미로도 단순히 마음 설레는 '표현의욕'이란 것 따위 있을 리 만무했다. 오히려 일본국내에서 일본어를 이용해 전달할 수 있는 것은 이제 다 했다는 깊은 피로감이 무겁게 응어리진, 바로 그 '무게'가 나를 이 입울한 작업으로 가신히 끌고왔다고 말할 수 있으리라.

다행히, 일련의 기획구상에 대해서는 일찍이 일본국내의 첨예한 큐레이터뿐 아니라 한국과 대만의 민중미술운동 관계자로부터도 호의적인 반응을 얻었다. 그에 힘입어 이 책의 간행과 작품전시, 나아가 강연과 기자회견 등을 국내외에서 연쇄적으로 전개해나가려던 바로 그 무렵…… 이번 바이러스 참화가 시작되고 말았다.

목숨이 몸을 쥐어짜기라도 하는 듯한 미증유의 폐쇄감이 만연했던 2020년에 대해, 지금 새삼스레 군말은 하지 않겠다.

지금에 이르러, 영혼마저 질식할 것 같은 나날 속에서 온몸을 던지는 심정으로 새롭게 써내린 두 편의 텍스트가 바로 이 책의 Ⅲ「방사능과 바이러스 참화 속 일본에 대한 25장」과 Ⅳ「제작노트 ―설령 수신자 없는 구조신호일지라도」이다. 더욱이 Ⅲ의 논고는, 2019년 5월부터『주간금요일(週刊金曜日)』에 연재 중인 동시대 비평「수긍하지 않는 이로부터의 편지」와도 지극히 밀접한 관계에 있다.

내가 '작가'가 되겠다고 결심한 것은 열두 살 때의 일이다. 그런데 '화가'가 되겠다는 꿈은 그보다 먼저, 그러니까 내가 철든 이후부터 줄곧 하나의 바람으로 가지고 있기는 있었다. 다만 대학진학 때 미술학부를 선택했던 것은, 그곳의 시험과목이 수업료가 저렴한 국립대학 중에서도 가장 들어가기 쉽게 짜여져있었던 것이 무엇보다 큰 이유였다.

어쨌든 나는 20대부터 줄곧 그림도 그리고, 내자신의 책을 비롯한 여러 가지 출판물의 표지그림이나 디자인작업을 하기도 했다. 하지만 감히 말하자면 그것들은 모두 '취미'에 불과했다.

그랬던 것이 재작년부터는 달랐다.『죽음의 나라에도 아직 이야기할 수 있는 희망은 있는가?』라는 타이틀 하에 그동안 완성해둔 수십 점의 그림들은 나에게 소설이나 비평 ―아직 완전히 같지는 않더라도 ― 에 필적하는 의미를 지닌 '작품'임에 틀림없으므로.

이 책에 수록된 텍스트의 번역에 있어서는 모두 존경하는 선배, 이념을 같이하는 벗의 도움을 얻을 수 있었다. 자세한 건 해당 텍스트의 속표지에 적었지만, 조선어번역을 담당해주신 광운대학교 부교수인 이나바 마이(稻葉真以, 한국미술연구) 씨, 교열을 맡아주신 우석대학교 동아시아평화연구소장 서승 씨와 화가 홍성담 씨, 번역가 김경인(문학박사=근현대일본문학연구) 씨, 영어번역을 맡아주신 대만동아역사자원교류협회 이사이신 후루카와 치카시(古川ちかし) 씨와 고베(神戶) 대학 대학원생(박사과정)인 토마스 브루크(Thomas Brook) 씨에게 진심으로 감사의 말씀을 들린다.

그리고 갈수록 어려움만 늘어가는 출판을 담당해주신 < 오로라자유아틀리에 > 의 주재자이신 엔도 쿄코 (遠藤京子) 씨에게도 .

현재의 상황이 상황인지라 , 지금까지 이 연작의 전시는 안타깝게도 작년 7 월 부산에서 개최된 그룹전시「탈핵미술행동 2020 전 (展)」에 화상데이터출력을 이용한 '온택트 참가' 가 전부다 . 앞으로도 사태는 방심할 수 없으나 , 마찬가지 '원격전시'를 비롯해 조만간 실물의 캔버스를 직접 관람할 수 있는 안전하고 확실한 방도를 모색하고자 한다 .

나의 자그마한 기획이 방사능과 바이러스에 의한 제노사이드 (대량학살) 의 열도에서 보내는 참담한 '구조신호' 라는 사실에는 한 치 의심의 여지도 없다 . 가능하다면 그것이 지금의 세계가 처한 고통의 근원에까지 가닿기를 바라마지 않는다 .

　2021 년 봄
　일미 (日美) 이중식민지 지배의 땅 , 오키나와에서

야마구치 이즈미

< 추기 >

이『제작노트』를 탈고한 후 , 경외하는 벗 홍성담과 에지리 키요시 (江尻潔) 씨 , 코바야시 카즈코 (小林和子) 씨가 이 책에 대한 추천의 글을 보내주셨다 . 홍성담의 텍스트를 일본어로 옮긴 나의 번역을 교열해주고 에지리 씨와 코바야시 씨 글의 조선어번역을 맡아준 김 경인 씨에게 고마움을 전한다 .

홍성담의 텍스트의 타이틀을 보고 내가 떠올린 것은 , 1980 년 광주의 <5・18> 시민코뮌에 가담하며 그것의 회화적 기록자가 된 그의 기념비적 연작『오월판화』에 그려진 정경이다 . 본인에게 물었더니 이 글귀는 시인 김광섭 (金珖燮 , 1905~1977) 의 유명한 작품『저녁에』에서 유래한 것이라고 알려주었다 . 김 경인 씨에 따르면『저녁에』는 '20 세기 후반의 대한민국을 살아온 사람' 에게 널리 알려진 시라고 한다 .

이번 문장에 이런 타이틀을 붙인 홍성담의 마음에 깊이 느끼는 바가 있다 .

(김경인 옮김)

Production note
—Even if nobody receives this distress signal

In the late autumn of 2012, more than a year after the "3.11" catastrophe, I was asked by an Iranian editor, Ms. *Mansoureh Rahnama*, from Dortmund, Germany, to take part in her project, "International Anthology on the TEPCO Fukushima Daiichi Nuclear Disaster".

It was in the winter of 2012, almost two years after the TEPCO nuclear disaster started, when I was about to move to Okinawa from Tokyo in the next spring, that I finished writing Part I of this book, *'Even from the country of death, is there still "hope" of which we can speak?'*. The last part, Part II of this book, *'Prologue of "Bach in the Atomic Field"'* has been reprinted from the beginning part of my previous publication, *"Bach in the Atomic Field—330 days in radiation-exposed Tokyo"* (Bensei Publishing, March 2012), which I had written to commemorate the first anniversary of the Fukushima nuclear disaster.

Along with these two works, I sent to Dortmund the English versions as requested by the editor, translated by myself. These, which I have had checked by a benevolent native speaker friend, constitute the English texts in Part I and Part II of this book.

This anthology, *"Posters, Stories and Poems about Fukushima"*, published in the summer of 2013 from Verlag Kettler, in which 42 writers and artists from 15 countries working in 13 different languages participated, was compiled in such a way that every set of adjacent pages had text printed on one page and an illustration on the other. Every page of my text was faced with one of the works done by artists from Taiwan, Germany, Japan and Iran. Each one was an independent work of art created by the respective artist. This led me to entertain the idea of creating my own illustrated book composed entirely of my own writings and pictures.

I left Tokyo, where I had lived for 38 years, and started to live in Okinawa in the early spring of 2013. I can only describe the years that followed in Okinawa as a multiple-layered, continuous struggle with not only those problems I had talked about in the above mentioned works but also those problems inherent to Okinawan society. While I went back and forth between Japan, Taiwan and South

Korea keeping a foothold in Okinawa, the desire to create my own illustrated book grew bigger and bigger within my mind. Japan as "a living hell"—I wanted to understand and depict the dreadful reality of this soulless country not just through conventional novels and criticism but through every means and tool of expression I possess.

This attempt was not, of course, aroused by some simple craving or joy for creation. A massive sense of weariness that everything that can be said has already been said in Japanese in Japan overwhelms me, but it is the very "weight" of this weariness that has kept me somehow going with this dismal endeavor.

Fortunately my idea for this book received favorable responses from radical curators in Japan and activists in popular art movements in Taiwan and South Korea. It was when I was just about to publish this book, exhibit the works and give talks and press conferences inside and outside of the country that this virus crisis started.

There is no need to dwell upon how we all experienced the unparalleled feeling of entrapment that squeezed our anima in the year 2020.

I tried to somehow crawl forward and wrote two additional texts during those suffocating days, which constitute Part III of this book, *"Twenty five chapters on Japan under the nuclear and virus crises"*, and Part IV, this text, *"Even if nobody receives this distress signal"*. The discussion in Part III, incidentally, is very closely related to *'Letters from a Non-Approver'*, a series of contemporary criticism I have been writing for Weekly magazine *"Syukan Kinyobi"* since May of 2019.

I wanted to become a "writer" at the age of 12 but I had dreamed of becoming a "painter" long before then, since I don't remember when. I chose the department of art in the university not so much because of this childhood yearning but because it was financially the easiest department even within the relatively inexpensive choices offered by national universities.

Nevertheless, ever since I was in my 20s, I have painted and designed various publications' covers and bindings including for my own books. However, this was just a hobby, so to speak.

That all changed two years ago. The dozens of tableaux I have produced under the cover title of 'Even from the country of death, is there still "hope" of which we can speak?' are just as meaningful as independent works as my novels and criticism, even if not being completely comparable.

I deeply appreciate the help and support from predecessors whom I look up to and friends who share my beliefs in creating multilingual versions of the texts included in this book. Though you will find the names of the contributors at the beginning of each part, let me express here my deepest gratitude to Prof. *Inaba Mai*, associate professor in Korean Art at Kwangwoon University, and Dr. *Kim Gyeong-in*, doctor of literature in modern and contemporary Japanese literature for providing Korean translations, Prof. *Suh Sung*, director of the Center for East Asian Peace Studies at Woosuk University, Mr. *Hong Sung-dam*, a painter, for proofreading Prof. *Inaba*'s Korean texts, and Mr. *Furukawa Chikashi*, director of East Asia Popular History Exchange Taiwan, and Mr. *Thomas Brook*, Ph.D. student at Kobe University for English translations.

Finally, I'd like to extend my gratitude to Ms. *Endo Kyoko* of Aurora Jiyu Atelier for making the extraordinary effort needed to bring this book to print.

Exhibition of this series of works, as of now to my regret, was done only once at the group exhibition titled *"Anti-Nuclear Art Action 2020"* in Busan last July. I participated in this exhibition only "indirectly" by sending them digital copies of my works. I will keep seeking safe and reliable ways of showing my works not only "remotely" but also directly on canvases.

This humble attempt of mine is undoubtedly a dire "distress signal" from the Genocide Archipelago under nuclear and virus crises. I wish with all my heart for it to reach the core of the suffering of the world today.

Spring, 2021
From Okinawa under US-Japan double colonial rule

Yamaguchi Izumi

(translated by Furukawa Chikashi, Thomas Brook)

山口泉（やまぐちいずみ）

作家。1955 年、長野県生まれ。1977 年、東京藝術大学美術学部在学中に中篇小説「夜よ　天使を受胎せよ」（未刊）で第 13 回太宰治賞優秀作を得、文筆活動に入る。
SHANTI（シャンティ＝絵本を通して平和を考える会）アドヴァイザー。同志社大学メディア・コミュニケーション研究センター嘱託研究員。日本文藝家協会会員。日本ペンクラブ会員。
2005 年〜 2018 年、「小諸・藤村文学賞」銓衡委員。
現在『週刊金曜日』に、同時代批評「肯（うべな）わぬ者からの手紙」を月 1 回連載中。
絵画展『死の国からも、なお語られ得る「希望」はあるか？』は、ウイルス禍沈静後の開催をめざし、日本国内・韓国・台湾での美術館・大学・画廊等での企画が、現在、進行中。

著　書（以下には、単著のみを掲げる）
『吹雪の星の子どもたち』（1984 年／径書房）
『旅する人びとの国』〈上巻〉〈下巻〉（1984 年／筑摩書房）
『星屑のオペラ』（1985 年／径書房）
『世の終わりのための五重奏』（1987 年／河出書房新社）
『宇宙のみなもとの滝』（1989 年／新潮社）
『アジア、冬物語』（1991 年／オーロラ自由アトリエ）
『ホテル物語──十二のホテルと一人の旅人』（1993 年／ NTT 出版）
『悲惨鑑賞団』（1994 年／河出書房新社）
『「新しい中世」がやってきた！』（1994 年／岩波書店）
『テレビと戦う』（1995 年／日本エディタースクール出版部）
『オーロラ交響曲の冬』（1997 年／河出書房新社）
『ホテル・アウシュヴィッツ』（1998 年／河出書房新社）
『永遠の春』（2000 年／河出書房新社）
『神聖家族』（2003 年／河出書房新社）
『宮澤賢治伝説──ガス室のなかの「希望」へ』（2004 年／河出書房新社）
『アルベルト・ジャコメッティの椅子』（2009 年／芸術新聞社）
『原子野のバッハ──被曝地・東京の三三〇日』（2012 年／勉誠出版）
『避難ママ──沖縄に放射能を逃れて』（2013 年／オーロラ自由アトリエ）
『避難ママ──沖縄に放射能を逃れて』音訳版 CD（2013 年／オーロラ自由アトリエ）
『辺野古の弁証法──ポスト・フクシマと「沖縄革命」』（2016 年／オーロラ自由アトリエ）
『重力の帝国──世界と人間の現在についての十三の物語』（2018 年／オーロラ自由アトリエ）
『まつろわぬ邦からの手紙──沖縄・日本・東アジア年代記／ 2016 年 1 月― 2019 年 3 月』（2019 年／オーロラ自由アトリエ）
近　刊
『吹雪の星の子どもたち』『翡翠の天の子どもたち』二部作・完結定本（オーロラ自由アトリエ）

その他、主な単行本未収録作品に、信濃毎日新聞（1991 年〜 2006 年）連載・同時代批評 213 篇、長篇小説『オーロラ年代記』（季刊「批判精神」連載中啓）、『「日本文学」の世界戦のために』（季刊「文藝」連載）5 章、『「正義」と「平和」』（「同志社メディア・コミュニケーション研究」）をはじめとする日本文学論・世界文学論多数、原爆論、現代韓国論、現代東アジア民衆美術論、河出書房新社『松下竜一その仕事』全 30 巻・全巻個人解説、書評・テレビ評・文化論、アルベルト・ジャコメッティ論、魯迅論等がある。

http://www.jca.apc.org/~izm/　　ウェブサイト『魂の連邦共和国へむけて』
http://auroro.exblog.jp/　　ブログ『精神の戒厳令下に』
Twitter
Facebook
Instagram

死の国からも、なお、語られ得る「希望」はあるか？

2021 年 7 月 28 日　第 1 刷発行

定価 1500 円（＋税）

著　者　山口　泉
発行者　遠藤京子
発行所　オーロラ自由アトリエ
　　　　電話 098-989-5107
　　　　FAX 098-989-6015
　　　　aurora@jca.apc.org
　　　　https://aurorajiyu.thebase.in/
　　　　https://www.facebook.com/jayuhaebang?locale=ja_JP
　　　　郵便振替　0-167-908

ISBN　978-4-900245-19-8　C0036
JAN　192-0036-01500-9

株式会社シナノパブリッシングプレス／印刷製本

現代日本の「言論」の極北。

アジア、冬物語

Azio, La Vintro-Fabelo　山口泉

信濃毎日新聞連載「本の散歩道」一九八九・九〇年度版

■全五〇章＋補註＋索引三二頁付　●四六判・上製・カバー装／総三八五頁

●定価一八〇〇円＋税

■日本図書館協会選定図書

本書は、わたしたちが見えないと思いこんでいる現実があざやかに彫りこまれている。しかも、そんじょそこらのエッセイストの鈍感さなど比較にもならぬ鋭敏な感覚をもって、だ。その感覚に触発されれば、われわれもまた、魂の深いどこかに「かくあってほしい」ユートピアへの夢があることに目覚めるだろう。

挑発に乗って、まず山口泉と〝論争〟してみようではないか。（井家上隆幸氏『量書狂読』三一書房刊）

「豊か」で「平和」といわれる日本だが、近年その姿は一層見えにくくなっている。あふれるばかりのメディアのなかに現れる評論家などの言論に、私たちは何を見いだせばよいのか。その手掛かりを与えてくれる。

現在の日本では問題にされにくく、しかし最低限これだけは踏まえておかなければならない、という問題点が具体的な人物や事態や本（詳細な索引がありがたい）に即して網羅された本である。（小森収氏『サンデー毎日』一九九一年一〇月二〇日号）

■とりあえず背筋を伸ばして読みたい。（『宝島』一九九一年一〇月九日号）

■中央メディアが軒並み「日本は日本だ」という自明性にうつつをぬかした言説を流布している間に、アジア圏を含んだ視座から、メディアの表層を飾った数々の時事問題を巡ってなされた真摯な論考の数々は、今健全な知性がすべき作業がいかに膨大かを示す。「現在を荒野と感じる、あなたに」という呼びかけで始まるこの論考を、孤独な作業のままで終わらせてはイケナイ。（『CITY ROAD』一九九一年一〇月九日号）

■底流にあるものは〈自由と平等〉をないがしろにする論理への透徹した批評精神である。刺激感いっぱいの状況論だ。（『CLIPPER』一九九一年一〇月二〇日号）

■エッセーという言葉から連想されるような気軽さはみじんもなく、おう盛な批評精神に貫かれた状況論といっていいだろう。（『河北新報』）

■表現する自己がどこにもない空疎な批評がまかり通る中にあって、ここにも一人、はっきりとした自己を持つ批評者が存在した。（伊達政保氏『ミュージック・マガジン』一九九一年一一月号）

■『アジア、冬物語』の提示するパノラマはすさまじい。意思と意思との格闘、生きること、生きていることの葛藤。……この人の〈読者〉でなかったことを悔しくさえ思うのが偽らぬところだ。（野分遙氏『労働法律旬報』一九九二年五月上旬号）

■ポスト全共闘きっての硬派。（福嶋聡氏『よむ』一九九三年一〇月号）

■魂のふるえが文章を推し進めていくような作業の先にこそ、「言論の自由」だの「言論の不自由」などという議論を無化しうるものがあるのではないか。それはつまり、物書きの誠実を裏打ちするのだということだ。

■本書には、わたしたちが文章に出会いました。誰の代理人でもない、この「わたくし」が発せずにはいられない言葉をくり出すという作業のみが、物書きの誠実を裏打ちするのだということをあらためて思っています。（日野市／O・Nさんの読者カードから）

精神と自由
──より人間らしく生きるために

いまも必要なことは？　品も必要なことは？　一人一人が自立し、「精神の自由」を獲得されることを、きっぱりと拒絶する……？　この日本に生きながら、より深く広い人間的世界をめざし「昭和の終焉にあたって」も、知識人として、また大学人としての責務のあるようを……の状状な……〔弓削／山口泉〕

明治憲法下の神権天皇制が発布された……を天照大神の神勅神話に求め、教を国民に強制するものであった。キリスト教信仰ときびしい緊張の関係に立つとき……約束……さらに、キリスト教大学の役割をも果たそうというのは、はるかに近い過去のこと……

森井　眞（明治学院大学前学長）
弓削　達（フェリス女学院大学学長）
司会／山口泉

＊肩書きは、一九九二年当時

なぜ、日本には「市民社会」が育たないのか？

一人ひとりが「精神の自由」を侵されることを、きっぱりと拒絶するには──？　一九八九年、昭和天皇死去の際、文部省の「服喪」通達に対し、大学としての「自治」の姿を示した二人の知識人による、深い示唆に富む対話。いま、新たなファシズムの時代の始まりに、基本的人権を守り抜くため、改めて本書を──。

〔一九九二年十月刊〕

●四六判・並製・カバー装／総一五八頁　●定価一五〇〇円＋税

季刊総合雑誌　批判精神

●A5判・一四八頁●定価各一五〇〇円＋税

創刊号（一九九九年春）「日韓新時代」の欺瞞
第二号（一九九九年夏）「脳死」臓器移植を拒否する
第三号（一九九九年秋）核は廃絶するしかない
第四号（二〇〇〇年春）いよいよ歴史教育が危ない
第五号（二〇〇〇年夏）沖縄が解放されるとき
第六号（二〇〇〇年冬）新たな戦争とファシズムの時代に
第七号（二〇〇一年春）絶対悪としての買売春

※季刊『批判精神』は、現在、休刊中です。バックナンバーのみの販売となっています。

批判精神　비판정신　Kritika Spirito
季刊第6号　2000年冬　オーロラ自由アトリエ
特集　新たな戦争とファシズムの時代に
〔連載企画〕核廃絶伝言板

批判精神　비판정신　Kritika Spirito
季刊第7号　2001年春　オーロラ自由アトリエ
特集　絶対悪としての買売春
〔フォトリポート〕アフガン難民キャンプ
〔連載企画〕核廃絶伝言板

■『アジア冬物語』の続篇、二〇二二年後半から順次、待望の刊行予定

日本レクイエム　Japana Rekviemo ──アジア冬物語II　山口泉

一九九一年から二〇二二年に至る、この国の滅びの姿。『信濃毎日新聞』連載の「本の散歩道」「同時代を読む」「同時代への手紙」の未刊三大エッセイ二一七篇と、その後に『週刊金曜日』『ミュージック・マガジン』等の紙誌、さらにインターネットを通じて展開されつづけた、精神の戒厳令下の日本における「言論」の究極のレジスタンス。総三〇〇篇・二五〇〇頁以上。年ごとの分冊型式で、二〇二二年秋から順次、刊行予定。定価・刊行形態については未定。"戦後日本"は、いかに終焉すべくして終焉したか──。

慟哭の年代記。沖縄・台湾・韓国において、関連講座も企画構想中。

さだ子と千羽づる SHANTI（シャンティ）

第3回平和・協同ジャーナリスト基金賞大賞受賞

（絵本を通して平和を考える フェリス女学院大学学生有志）

一九九四年八月に出版された日本語版は、朝日新聞「天声人語」やNHKテレビ全国ニュースをはじめ、各マスコミでも大きく取り上げられ、刊行以来、多くの学校・職場・地域で平和教育に活用されています。

一九四五年八月六日、二歳で被爆してから一〇年後に、突然、発症した白血病で亡くなった佐々木禎子さん。広島の平和記念公園に建つ「原爆の子の像」は、彼女がモデルと言われています。本書はフェリス女学院大学の学生グループが〝手作りの絵本に平和のメッセージを〟と、原爆投下に至る日本のアジア侵略の歴史も学びながら書き上げました。

一九九五年には韓国語版、九六年には英語版も刊行され、海外のお知り合い・お友だちに贈られる方もいらっしゃいます。そしていま、東京電力・福島第一原子力発電所の大事故の影響が確実に拡がっているなかで、核廃絶の思いを胸に、本書は読み継がれています。現在、中国語版も制作準備中です。

出版以来、毎年八月四日～六日の広島・平和記念公園「原爆の子の像」の前で行なわれてきた読者有志による朗読会は、26年目の二〇一九年を最後に、新型コロナウイルス禍のため、現在休止中ですが、状況が沈静化し次第、再開します。

新たな被曝の危機が進むな

■日本語版　【一九九四年八月刊】
◎本文カラー32頁・B5判並製
◎解説・山口泉
◎定価一〇〇〇円+税

■朝鮮語版　【一九九五年八月刊】
◎定価一二六三円+税◎解説・山口泉◎翻訳・徐民教+現代語学塾有志

■英語版　【一九九六年八月刊】
◎定価一二六三円+税◎解説・山口泉◎翻訳・SHANTI+滋賀県立八幡商業高校生徒（当時）

避難ママ——沖縄に放射能を逃れて　山口泉

愛する者の命は、自分が守ろう！　自分の頭で考えよう！

二〇一一年三月一一日、東北地方を襲った巨大地震と大津波に端を発した、東日本から沖縄へと逃れた女性たちが、いま、東京電力・福島第一原子力発電所の大事故。放射能汚染から子どもを守りたいと、語り始めた……。世代も、環境も、家族形態も異なる彼女たち「避難ママ」六人の言葉。子どもたちのこと。夫のこと。残してきた、さまざまな人びとのこと。ふるさとのこと。避難地・沖縄のこと。これからの日本と世界のこと。自らの「いのち」のこと——。政府の発表とは裏腹に、なんら収束してなどいない空前の原発事故の影響下、「被曝」の不安に苦しみ悩む人たちの役に立てば……。そしていつか、子どもたちが大きくなったとき、「避難」を決意した前後の気持ちを知ってほしい……。痛切な思いがほとばしる、稀有のインタヴュー集。各章に探訪記を、巻頭・巻末に解説を付す。

●四六判・並製・カバー装／総二五六頁　●定価一四〇〇円＋税（テープ版読者会製作の音訳版CDも、同価格で発売中）

[二〇一三年三月刊]

革新無所属　宮本なおみ

彼女を、みんなが親しみを込めて「なおみさん」と呼ぶ。一九三六年、福島に生まれ、上京後、労働者としての青春時代を経て、七一年、東京都目黒区議選に初立候補、初当選。以後五期・二〇年を、革新無所属の区議会議員として、民衆と共に歩んできた女性の軌跡。平和・女性・自治・選挙をつなぎ、地域から「市民の政治」を追い求めた日々。もう一つの「戦後史」。日本の「民主主義」がめざしたものは、なんだったのか？　巻末に、解説インタビュー「時代の流れに身を任せたら闘っていた」（聞き手＝山口泉）を併録。

●四六判・上製・カバー装／総四〇二頁　●定価二八〇〇円＋税

[二〇〇八年一二月刊]

■この本を推薦します。

天野恵一（反天皇制運動連絡会）
内田雅敏（弁護士）
大倉八千代（草の実平和研）
高一二三（新幹社）
高田　健（許すな！憲法改正市民連絡会）
富山洋子（日本消費者連盟）
林　郁（作家）
原田隆二（市民運動）
福富節男（数学者）
山崎朋子（作家）

井上スズ（元・国立市議会議員）
内海愛子（アジア人権基金）
上笙一郎（児童文化評論家）
新谷のり子（歌手）
中山千夏（スペース21）
原　輝恵（日本婦人有権者同盟）
ビセンテ・ボネット（上智大学名誉教授）
保坂展人（衆議院議員）
吉武輝子（作家）

*肩書きなどは、二〇〇八年時点

辺野古の弁証法

ポスト・フクシマと「沖縄革命」

山口泉

◎四六判・上製・カバー装／総四一八頁 ◎定価一八〇〇円＋税

［二〇一六年一月刊］

いま沖縄で、何が問われ、何が闘われているのか？ 「3・11」東京電力・福島第1原発事故以後、軍国主義ファシズムへと日本政府が狂奔するなか、琉球弧の人びとは顔を上げ、抵抗の声は止まない。

二〇一三年に東京から沖縄へ移住、日本国家とウチナーとの懸隔を見据えつづける作家が、『週刊金曜日』『琉球新報』『沖縄タイムス』他の紙誌・インターネット等を通じ発信してきた、二〇一一年〜一五年のメッセージ＋書き下ろし論考。「戦後」最悪の状況下、破滅の淵に立つ日本を、沖縄と東アジア・ヨーロッパの両極から照射する、困難の極みの時代のクロニクル。写真多数。

■ 本書は「暗澹たる時代」に抗う闘いの書であり、沖縄と日本の無告の民を奮起させる喚起力に満ちている。辺野古での闘いの本質を「沖縄革命」と規定し、普遍的な世界へ向う道筋と私たちが目指すべき社会像を示して読む者に迫ってくる。

—— 新川明（詩人・評論家）

■ 著者は、権力によって叩かれれば叩かれるほどに強くなっていく今日の辺野古の闘いを「辺野古の弁証法」と命名しました。光栄の至りです。辺野古の闘いはこれからもしなやかにしたたかにそして粘り強く闘われていくことでしょう。大輪の花もしぼめられた蕾から花開いていくように。本書の出版は、燃え立つような情念と透徹した論理とを併せ持って人々とその闘いを鼓舞し続けるものと思います。人々の「怒り」と「魂の叫び」を高らかに謳いあげ、闘いの最終的必然的勝利を確信せしめる本書の出版を心から祝うものです。

—— 山城博治（沖縄平和運動センター議長）

◎ 怒りの書である。二〇一一年末から昨年にかけて新聞や雑誌、著者のブログ等に発表された評論と、新たに書き下ろされた文章の随所から、この国の現状に対する著者の強い危機感がほとばしる。（略）だまされてはいけない。たとえば「感情に流されない理性的な議論を」といったフレーズが、原発に対する正当な恐れや怒りを、どれほど抑圧してきたか。だが、理性的とは、怒らないことではない。怒りを的確な標的に向けて過たず放つ。それが理性のはたらきだろう。

勇気ある多くの正しい怒りが、相互の信頼に支えられて共振する。それが今、生き延びるために絶対必要なことだと、本書は訴えかけているようだ。

—— 松村洋氏（音楽評論家）書評「怒りを的確な標的に向けて過たず放つ」（『週刊金曜日』二〇一六年四月八日号）

重力の帝国

La Imperio de Gravito

世界と人間の現在についての 13 の物語　山口泉

[二〇一八年三月刊]

◎四六判・上製・カバー装・帯付 ◎総二〇八ページ ■定価二〇〇〇円＋税

世界が終わった後を生きる――。 "ポスト3・11「文学」"の極北――。

なぜ、人びとは、真実を見つめようとしないのだろう？ あの日、私たちの知っていた世界は終わってしまったというのに……。 収拾不能の原発事故を抱え、戦争へと突き進む国の運命は？

二〇一七年『週刊金曜日』連載の衝撃の掌篇連作『重力の帝国』全10回（完全版）を機軸として、『現代思想』『アート・トップ』等、他誌に発表された単行本未収録作品に、書き下ろし作品を加えた13篇と序章。待望の連鎖長篇小説――総三六〇枚。

世界を腐蝕する "ポスト3・11ファシズム" の底に結晶した思考の極北を示す、絢爛たる言葉の交響楽。「破局以後」の時代を痛切に照射する、新たな黙示録アポカリプス――。

■本書はフクシマ以後の原発文学の中で、最も本質を衝いた激烈な小説と言っていいだろう。

黒古一夫氏（『週刊読書人』二〇一八年四月一三日号）

■3・11以後の世界をどのような形式と内容において書きとどめるか、そのことを最も切実に問い続けてきた著者による渾身の新作である。 従来の「文学」概念に回収される「小説」ではない。

平敷武蕉氏（『琉球新報』二〇一八年三月二五日付）

■3・11破局以後の世界を痛切に予言し告発する恐るべき未来小説である。

■米国を強く連想させる「重力の帝国」にかしずき、戦争や原発事故の教訓に向き合わない政治と社会。 全編に漂うグロテスクさは小説本体ではなく、小説が鏡となって映す現実の方の属性に違いない。

（『中国新聞』文化面「本」二〇一八年六月一三日付）

まつろわぬ邦からの手紙　山口泉

沖縄・日本・東アジア年代記　2016年1月—2019年3月

◎四六判・上製・カバー装／総三九二頁　◎定価二〇〇〇円＋税　［二〇一九年六月刊］

いま、真にその名に値する「言論」とは何か？　韓国・台湾から東アジア全域、さらに地球的規模の空間・時間軸で捉え、『琉球新報』連載中から、沖縄内外を深く震撼させつづけた同時代批評——。新聞発表分・全三九回と、それに匹敵する厖大な「追記ノート」・新規写真、詳細な「総索引」を付す。

《勾留中に翁長知事に当てられた公開質問状。拘置所の中でたまたま目にすることができた『琉球新報』紙を幾度も幾度も読み返し、はらはらと落つる涙を払うこともなく字が読めなくなるまで紙面と向き合い言い知れない感動に身を震わせていました。閉ざされた独居房で権力の圧力に耐えていた身に言葉にし得ない勇気をいただいたこと満腔の感謝をこめてお礼申し上げます。ありがとうございました。》——山城博治さんから著者にいただいたメイル（二〇一九年一〇月一六日付）

■著者の徹底した「反日本」「反原発（反核）」思想には、学ぶべきものが多い。「最後の砦」として「言論＝表現の力」を信じている者の強さを感じるのである。／本書（著者）のすごさ、というか、その論理の卓抜さは、清廉な倫理観と該博な知識に裏打ちされた「ぶれない」姿勢にあり、読む者をして思わず「おのれの生き様」を振り返らせる「言葉の強さ＝説得力」にある。　黒古一夫（「3・11後の日本を広い視野から撃つ」）／月刊『部落解放』二〇一九年一二月号

■衝撃の書である。魂の作家、炎の作家山口泉渾身の叫びである。手にする者を覚醒せしめ奮い立たせずにはおかない。　山城博治（「日本の加害の歴史に向き合い／巨悪に呻吟し抗う人びとに連帯する」）／『週刊金曜日』二〇一九年一〇月一一日号

319

中央大学

総合政策学部 − 学部別選抜

一般方式・英語外部試験利用方式・共通テスト併用方式

教学社